集英社オレンジ文庫

招きねこのフルーツサンド

後白河安寿

本書は書き下ろしです。

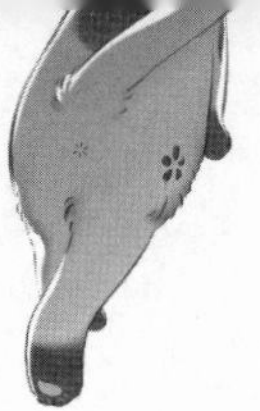

Contents

Character

神尾実音子《かみお・みねこ》

人生の節目のたびに極度の緊張で
失敗し続け、現在は非正規で働いている。
弟の身を溺愛する母のもとで育ち、
自己肯定感が低い。

にゃんたま

フルーツサンド屋の看板猫（又）。

星浦　瞬《ほしうら・しゅん》

浮世離れした雰囲気を持つ美青年。
本業の傍ら、母から譲られた
自宅の一階でフルーツサンド屋を
営んでいる。

鳥居《とりい》歩夢《あゆむ》

瞬の友人その1。明るいイケメン。祖母の果樹園を手伝っている。

三木《みき》壱清《いっせい》

瞬の友人その2。無骨なイケメン。両親の営むパン屋で働いている。

イラスト／ｍａｓｈｕ

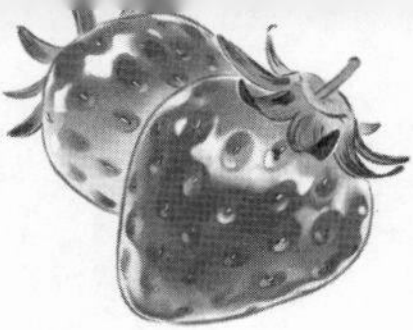

プロローグ

至福の苺サンド

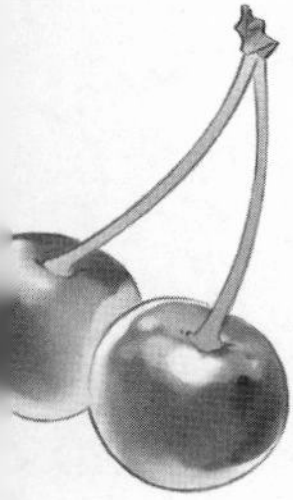

そのサンドイッチは、優しい色をしていた。

白ともピンクともつかない――まるで今年初めて咲いた桜の花びらのような色の三角パン。その断面には縦三つ、真っ赤なイチゴが挟まっていて、楕円形《だえんけい》のイチゴはへたをVの字に切り取ったため三角耳をぴょこんと立てた猫の形に見えた。猫たちを優しく包むのは、花嫁のベールのごとく繊細《せんさい》な純白のクリームだ。

「何度見てもかわいくて、綺麗《きれい》……」

猫の三兄弟とばかり縦に並ぶ果実の赤とクリームの白は、対比が鮮やかだ。すぱっと小気味よくカットされた断面は芸術的で、時を忘れて眺めてしまう。

食べるのが本当に惜しい。それでも、実音子《みねこ》は意を決して両手で摑《つか》んだ。

指先がパン生地に優しく沈む。それだけで、外側の柔らかさと中身の密度の濃さがわかる。気がせくまま、大口を開けて頰張《ほおば》った。

とたん、じゅわ……っとフレッシュな酸味がほとばしった。かと思えば、滑らかなクリームの甘みが追いかけてきて、妖艶《ようえん》にまじりあう。

「んまっ」

思わず感嘆《かんたん》の声が漏《も》れた。すると鼻腔《びこう》を芳醇《ほうじゅん》な香りが通り抜ける。心地よい酩酊《めいてい》感に襲われて、しばしまぶたを閉じた。

みずみずしい滋味《じみ》が喉《のど》を通って身体《からだ》の隅々へ染み入っていく。まるで手指の先から脳天まで、いや髪の毛の端まで、必要なところへ大切な栄養が届けられていくようだった。あらゆる毛細血管がせわしなく脈打ち、もっと欲しいと訴えかけてくる。

かっと目を見開けば、イチゴの果汁を受け止めてピンク色に染まったクリームと、水分を吸ってより柔らかくしっとりした桜色のパンが待っていた。

「……！」

たまらず、むしゃぶりつく。

しっかりとした噛《か》み応えとともに、舌の上で酸味と甘みが絡み合う。絶妙なおいしさに、鼓動がますます高まった。

味だけではない。見た目のすばらしさにも心が躍る。

使われているパンもイチゴもクリームも、それぞれ単品だって主役を張れるのに、三位《さんみ》一体《いったい》となってさらなる高みへ上った絶品グルメだ。

二十五年生きてきて、これほど感動したことはない。

フルーツサンドとは、この世の贅沢《ぜいたく》の極《きわ》みなのかもしれない。

（おいしい、かわいい、……幸せ）

たまたま見つけた小さなお店の、猫イチゴのサンドイッチ——それは実音子に、日常の漠然《ばくぜん》とした不安や嫌なことを忘れさせ、至福のひとときをプレゼントしてくれたのだった。

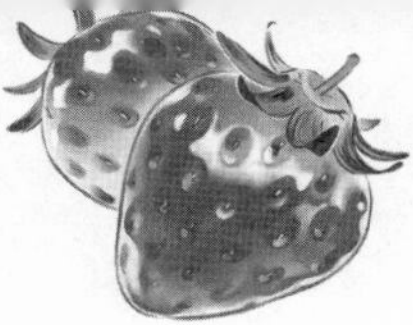

第一章 ほっこり猫サンド

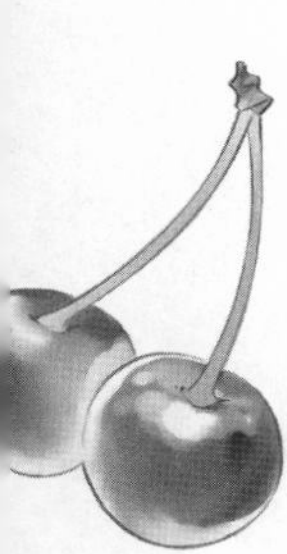

消えてしまいたい。

ふとした瞬間よく思う。

きっかけは——どうせ些細《ささい》な出来事ばかりだ。窓口業務で嫌な客に当たったり、たまたま機嫌の悪かった上司から電話の応対がよくないと注意されたり、電車の窓に映った自分の顔が醜《みにく》くむくんで見えたり……。

自分はきっとメンタルが弱すぎるのだろう。くだらないことですぐ落ち込んで、じめじめと悩む。だから誰にも好かれないし、何事もうまくいかないし、毎日が楽しくない。

(わたしなんて、生きていても仕方ない)

石ころほどの価値もない人生だ。わかっている。なのに——本当にリセットしてしまおうと実行したことは一度もない。

単純に痛いのは嫌だし、勇気がないから。

結局は、なにも変える気がないのだ。

(本当に、しょうもない)

弱い自分が嫌いだ。つまらない日々が憎い。

実音子《みねこ》はペールブラウンのスプリングコートの襟《えり》をぎゅっと摑《つか》んだ。同時、帰宅ラッシュの満員電車が横に大きく揺れて、ドアが開く。

「あ……っ」

ぼんやりしていたのとドア近くにいたせいで、降車する人々の波にのまれ、あっという間に降りるつもりのなかったホームへ押し出されてしまった。

「ドアが閉まります。お近くのすいているドアからご乗車ください！」

一秒のダイヤの乱れも許さないとばかり、尖った声のアナウンスが響き渡る。それがどこか上司の叱責《しっせき》と似た雰囲気《ふんいき》で……すでにへこんでいた心は、紙よりもぺしゃんこにつぶれた。

（次でいっか）

なんとか人の渦《うず》から抜けて電光掲示板を振り仰《あお》ぐ。

折り悪く、次発は有料特急だった。その後は当駅止まりの回送電車、そして急行待ち合わせの各駅停車と続き、たった急行一駅分先のデパートへ向かうのに二十分以上待たねばならないのを知る。

ため息をつきながら人差し指をいじった。親指に引っかかったささくれを習慣的に爪で削《けず》れば、ずるずると汚く剝《む》けていく。やめどきがわからず千切《ちぎ》れるまでそれを続けるから……結局血が滲《にじ》んでしまう。

（またやっちゃった。だめってわかっているのに）

行き詰まったときやイライラしたときの癖《くせ》だ。

（……帰ろうかな）

やはり滅多《めった》なことはするものではない。

なんとなく家に帰りたくなくて……自宅より急行二駅先にあるデパートに寄ろうと思ったのだ。先週末にお気に入りのコスメブランドから春色リップが発売している。それを買えば、楽しい気持ちになれるのではないか――と。

しかし、浅はかだった。目的地に到着するまでもなく、すでにあきらめムード。なにもかも中途半端。

いつもの通り仕事を定時で上がったら自宅へまっすぐ帰り、母親と向き合い彼女の用意するボリュームたっぷりの夕飯を食べればよかったのだ。

心を無にして。

「……」

肩を落とし、反対方面のホームへ回ろうと階段を上る。人でごった返す改札が見えてきたところで、実音子は足を止めた。

（ここ、久々に降りたな。あの稲荷《いなり》神社、まだあるのかな）

子供の頃の話だが、実音子は五つ離れた弟が生まれたばかりの時期、この駅から徒歩五分のところにある父方の祖母の家へ数か月預けられていた。今でこそ駅前の再開発が進んで住宅が多くなったが、当時この辺りは田んぼと畑しかない緑あふれる場所だった。築五十年を超えた平屋の祖母宅は狭くて、さらに鬱蒼《うっそう》とした木々に囲まれた稲荷神社に隣接していた。

周囲に遊び相手のいない五歳児は、暇を持て余して日中を神社の境内《けいだい》で過ごしていたのだ。

まなうらに、優しい桜色がよみがえる。

思い出の神社には、淡い色をした桜が咲いていた。イチゴ味の綿菓子のようなこんもりとした形で、雲と重なるほど高かった。

実音子はその桜の木が大好きだった。

ひらひらと落ちてくる花びらをキャッチしたり、土を盛り上げる根っこを踏まないように太い幹の周りを回ったり、ジャンプして一番低い枝にふれたり……いわば遊び相手だったのだ。

(懐かしいな。まだ桜、咲いてるかな)

今年は桜の開花が遅く、四月第二週の現在も所によってはまだ花が楽しめる。

(行ってみよう)

もともと寄り道する気分だったので、勢いで改札を出てしまった。目の前には、南北へ高架が続いている。南の海側には十年前に郊外型のアウトレットモールができて賑《にぎ》わっているが、北の山側はいまだ田畑が残り昔ながらの匂《にお》いをわずかに漂わせている。

祖母宅は北側にあった。祖母はとっくに亡くなり、家はないと風の便りに聞いている。両親が離婚して縁が切れてしまったせいで、そのあたりの事情は詳しくなかった。

実音子はコスメはともかくファッションに大して興味がないし、人の集まる所は極力避けてきたため、隣駅とはいえどアウトレットモールへすら来たことがない。そんなわけで、この駅で降りたのは実に二十年ぶりだった。

五歳の記憶は曖昧《あいまい》ながら、思い出の地へ多少の興奮を交えて向かう。

「わ……綺麗《きれい》な家ばっかり」

高いビルや商業施設はないし、ところどころ畑は残っているので、車窓からぼんやり見ている分には気づかなかったが、一帯は再開発でがらりと趣《おもむき》を変えていた。

駅からまっすぐに伸びる大きな通りはコンクリートで隙《すき》なく舗装《ほそう》され、ぴしっと街路樹が並んでいる。きっちりと区画整理された土地には、似た形、大きさをした家が肩を並べていた。

(思っていたのと全然違う……)

不審者のごとく左右を窺《うかが》いながら通りを進む。

遮《さえぎ》るものが少ないひらけた空間では、夕風がいつもより強く感じられる。行く手を阻《はば》まれている心地がして、徐々に足が重くなった。

（神社なんて跡形もない）

距離的に、おそらく今歩いている辺りにあったはずだ。木々に囲まれ、静謐《せいひつ》ながらそこかしこに小さな生き物の気配がしたあたたかな空間——幼い実音子の癒《いや》しの世界。

当時子供ながらに感じていた行き場のなさを、神社の桜が受け止めてくれた。

母親は待望の男児を授かってその子に夢中だったし、父親は息子以外まるで目に入らない妻との関係に疲れ、家を空《あ》けがちになっていた。母方の祖父母はどうやら昔から母と折り合いが悪かったため縁が切れていて、最終的に残った父方の祖母がもう一人の孫を押しつけられたのだった。祖母は悪い人ではなかったが、五年間も交流がなかった孫の扱いに困惑していた。

そんな一人ぼっちの実音子を、稲荷神社は優しく包んでくれた、かけがえのない場所だった。

それが……この世から消えてしまっていた。知らないあいだに。

無理もない。長らく足を運んでこなかったのは自分だ。今さらショックを受けるなんて、どうかしている。

なのに、鉛《なまり》をのみこんだみたいに胸が重くなった。

(結局どこにもないんだ、居場所なんて)

真正面から強い風が吹きつける。中途半端に伸ばした黒髪がなびくと同時、そこへひとひらの花びらが絡まった。

「え……桜?」

驚いて街路樹を降り仰ぐ。そこに立つのは葉の形からして、どうみても銀杏《いちょう》の木だった。桜の花などどこにも咲いていない。

(気のせい……?)

しかし、どこか近くから優しい気配がする。

ふらふらと足が進んだ。

たどり着いた先には一本の古木があった。ほかの木とはまるで見た目が違う。竜の鱗《うろこ》のごとく固そうな幹は、太さに年代を感じさせる。花は一つも咲いておらず、新緑の葉も儚《はかな》げでまばらだ。けれどもそのおかげで、つんと天を仰ぐ枝つきがよくわかる。空に憧れて大きく手を広げているふうに見えた。

「この木!」

桜だ。

葉っぱが少なくて、綿菓子に似た見た目とは変わってしまったが……あの思い出の木に違いない。本能的にそう感じ、幹にふれた。

実音子のガサガサに荒れた手が木の肌とぴったり合わさる。

――おかえり。

そんな言葉が聞こえたようで……からっぽだった胸がきゅっと締まった。

（まだ、いたんだね）

神社が跡形もなくなっても。

区画整理のとき新たに植えられたのであろう若々しい銀杏の街路樹の中で一本だけ、当時を知る木は密やかに、けれどどっしりとそこに存在していた。

「ただいま、久しぶり」

小さな声でつぶやいたとき、足もとから返事がした。

〈にゃあ〉

驚いて一歩引くと、幹の後ろから太った猫が現れた。黒と茶色がまだらに混じった鼈甲《べっこう》色の美しいサビ猫だ。

「わっ、どこから出てきたの？」

木のうろにでも住んでいるのかと裏側を見てみるが、巣穴らしきものはなかった。

〈くあ……〉

猫は伸びをし、実音子を見上げる。アメシストに似た薄紫色の瞳が印象的で、吸い込まれそうになった。

「どこの子？　迷子じゃないよね？」

首輪はしていないが、毛艶《けづや》のよさやまるまるとした体型から飼い猫と思われる。

「もう暗くなるよ。帰らないと」

だいぶ日は長くなってきたが、六時半を過ぎると一気に夜になる。腕時計と猫を見比べて語りかけた。

すると猫は、子供の声そっくりに〈うん〉と鳴いた。ゆったりとした足取りで歩道を進み、すぐ手前の敷地へ入っていく。

そこには、二階建てのメゾネットが三軒横に連なっていた。手前に柵《さく》のない駐車場、全体がレンガの色をした洋風の造りで、それぞれオレンジ色の三角屋根を載せている。レンガのアーチに囲われた玄関はおしゃれなアンティーク調で、扉の上にはスズランを模したランプが下がる。その左側はリビングルームだろうか。大きな掃《は》き出し窓がついている。

サビ猫は左端の家の窓辺へ行き、伸び上がって前脚でガラスをひっかき始めた。

きっとそこが自宅なのだろう。しかし、中から誰も出てこない。

〈自分では入れないのかな〉

器用な猫なら自宅の窓など簡単に開けて出入りできるのだろうが、サビ猫は〈開けて開けて〉とアピールするばかりだった。

〈おうちの人は留守？〉

よけいなお節介《せっかい》かもしれない。けれども、猫が心配になって近寄ってみる。辺りが暗いせいで、カーテンの開いた室内はよく見えた。

無人のようだ。

フローリングには土足で入れるようにタイルが敷きつめられ、南国風の観葉植物が飾ってある。縦長のリビングルームの手前には、飴《あめ》色のテーブルとケーキ屋などで見るガラスケースが置いてある。

「お店……？」

一歩下がって周囲も見るが、看板らしきものはない。

再び目を凝《こ》らして室内を窺う。

ガラスケースの中身は、どうやらサンドイッチのようだ。上段に四個、下段に四個、等間隔に行儀《ぎょうぎ》よく並んでいて、値札らしきものも確認できる。

隣のテーブルはきっとレジカウンターだ。タブレットと大きな呼び鈴が載っている。

「あなたのおうち、サンドイッチ屋さんなの？」

〈うん〉

サビ猫は再び人間みたいな声を出してうなずいた。

（窓を開けてあげてもいいかな）

店ならば、勝手に開けても不法侵入で捕まったりはしないだろう。入ってはいけないのなら、きっと鍵《かぎ》がかかっているはずだ。実音子は試しに戸へ手をかけ、そっと引いてみた。

『ピンポーン』

とたん、来訪を知らせるチャイムが響く。

（これ店員さん出てくるやつ！）

慌てる実音子にかまわず、サビ猫は戸の隙間《すきま》をするりと抜けて中へ入った。振り返り、〈いらっしゃいませ〉とばかり見つめてくる。

（商売上手《じょうず》な猫ちゃん……）

チャイムは鳴ってしまったし、これで逃げたらピンポンダッシュみたいで申し訳ない。猫に続いて店内を見てみることにした。

（まあ五百円くらいならアリかも。コスメを買うのに比べれば……）

貧乏くさくて恥ずかしいが、仕方がない。実音子は自治体の会計年度任用職員である。市役所の窓口で働いている……といえばたいていい公務員で安定していると思われがちだが、まったく違う。会計年度任用職員は年度ごとに契約を更新する非正規職員であり、俗《ぞく》に言う官製ワーキングプアだ。時給制、しかも最低賃金で昇給はなし。貧乏人は貧乏人らしく節約を心がけねばならない。

戦々恐々としながら腰を屈めてケースをのぞき込む。

五百円。

(よかった、買える)

先に値札を確認してから、ほっとしてサンドイッチへ目を移した。

と、瞳が見開く。

並んでいたのは、タマゴとかハムとかのサンドイッチではなかった。たっぷりのクリームで果物を挟んだものだ。

「フルーツサンド!」

上段がキウイ、下段がイチゴ。特にイチゴのサンドは、パン生地がほんのりとした桜色をしていて特徴的だ。

「かわいい……」

縦に三つ並んだイチゴはおおぶりで、楕円形《だえんけい》に逆三角の切り込みが入っている。丸々と太った猫の顔――ここへ案内してくれたサビ猫とそっくりだった。

（買う！）

さっきまでは貧乏くさい思考に陥《おちい》っていたのに、すっかりその気になっていた。

（でも、店員さん来ないな……）

チャイムが鳴ったはずなのだが、聞こえなかったのだろうか。

レジカウンターの奥は、白色で統一されていた。左側に二階へ続く白いらせん階段、奥にはぴかぴかのアイランドキッチンが見える。

（二階に人がいるんだよね？）

入り口が開いていたのだから留守ということはないだろう。

〈どうん〉

そのとき、大げさな声を上げてサビ猫がカウンターへ飛び乗った。

背を丸めて座った隣には、ベル型の呼び鈴がある。

（あれで呼ぶ感じ？）

〈うーん〉

ちょっと勇気がいる。店員は来客に気づいていないようだし、やはり帰ろうか。

実音子の迷いを咎《とが》めるかのごとく、サビ猫が切なげにうなる。

目線の先には、一目でほしいと思ったフルーツサンド。

(やっぱり欲しい。押しちゃえ)

ええいと勢いをつけ、ベルを叩いた。

思った以上に大きな音がして、驚いた猫はカウンターを飛び降り、キッチンのほうへ行ってしまった。

(今度こそ人が来る!)

頭上から、椅子《いす》がフローリングを転がるような音がした。やはり二階に誰かがいたのだ。

自分で呼んでおいてなんだが、逃げたい衝動がこみあげてきた。うろたえるあまり身体《からだ》が左右に揺れる。

とうとう階段に人影が現れた。

「はーい」

若い男性の声がする。フルーツサンドの見た目から勝手に女性店員が下りてくると想像していたので、ますます狼狽《ろうばい》してしまう。

唾《つば》をのみこんで階段を見上げる。

長い足、引き締まった体軀《たいく》、すらりと伸びる手、そして……。

（うわ、なに、この人）

　年齢は実音子と同じか少し上くらい。まったく癖《くせ》のないさらりとした栗色の髪をして、色素の薄い瞳を女性と見まがうほど長いまつ毛が彩る。肌は陶器《とうき》のごとくきめ細やかで、まっすぐな鼻梁《びりょう》に形のよい唇——神に愛されし造形とでも表現すべきか、この世のものとは思えない美青年ぶりだ。

　実音子は度肝《どぎも》を抜かれ、呆《ほう》けてしまう。

　彼は洗練された動きで下りてくると、かすかに首を傾《かし》げて言った。

「なんでしょうか？　荷物？　集金？」

　一瞬、質問の意味がわからなかった。ぽかんとしたまま実音子は目をしばたたく。妙な沈黙が落ちてから、青年がはっと声を上げた。

「まさかお客さん⁉」

「あ……は、はい」

「嘘、信じられない。あっ、遅ればせながら、いらっしゃいませ」

　浮世離れした美しい笑みを浮かべ、青年がぺこりと頭を下げた。思わずぽーっとしかけるが、いやそうじゃないと我に返る。

（わたし、お客さんに見えなかった？　それとも……もう閉店したあとだったとか？）

青年の格好は、シンプルなシャツにパンツといった普段着然としている。飲食店の店員らしくない。

そういえば看板も幟《のぼり》もなにもなかった。歓迎されていないのではないか。

「すみません、閉店時間過ぎてましたよねっ、その、また来ます！」

早口で言い捨て、踵《きびす》を返しかけた。

が、青年の張り声が引き留めてくる。

「待って！　初めてのお客さんに逃げられたら僕、落ち込んじゃうので」

(今なんて？)

驚きの言葉に足が止まった。恐る恐る振り返る。

「……初めての……？」

彼は首がもげるほど大いにうなずく。柔らかな髪がふわふわと揺れて、彼を取り巻く空気が花霞《はながすみ》のごとく彩られる。本当に浮世離れした人だ。

「そう、記念すべき初のお客さん」

「嘘、信じられない……」

ひょっとして、オープンしたばかりなのだろうか。

「それ。僕がさっき言ったのとまるで同じ台詞《せりふ》だ」

「あ、本当……ですね」

「ようこそいらっしゃいませ。来てくれて嬉しいです」

穏やかで綺麗《きれい》な笑みを向けられて、胸がほわんとあたたかくなる。

「あの、サンドイッチ……猫の形をしているんですね。すごくかわいいです、初めて見ました」

「猫？」

男性はきょとんとする。実音子はまたもや自分の失言を悟った。

「すみません、勘違い、でした」

「どこに猫が？　教えてください」

聞き流してほしいのに、彼はカウンターを回ってこちら側へ出てきてしまう。

（あわわわ）

国宝級の美形が間近に腰をかがめてくるから、妙な緊張で背中に汗がにじんだ。

「猫はどれ？」

「あああの、このイチゴの形が……」

「イチゴ？」

「顔が丸くて、耳が三角でぴょこんって、こう……三匹、縦に……」

下手《へた》くそすぎる自分の説明に頭を抱えたくなる。

「ああ、イチゴ自体が猫の輪郭《りんかく》ってことですか？　見えなくもない」

「ごめんなさい」

「どうして謝るの？　想像力豊かでとてもいいと思います」

小学校の先生がする読書感想文の講評みたいだ。

（余計なことを言わなければよかった）

いつもは言葉が足りないくせに、焦ってパニックになると妙な発言をして周囲を困惑させてしまうのだ。だから職場でもうまくいかない。家庭でも。どこにいても。

（ほら、店員さんも困ってる）

「……すみません、お会計をお願いします」

顎《あご》へ手をやって思案にふけっている青年を横目に窺《うかが》い、申し訳なさで消えたくなった。

さっさと買い物を済ませて帰るべきだ。小さな声で告げれば、青年は我に返った様子できびきびとカウンターへ戻った。

「イチゴのサンドイッチをひとつ……」

「猫サンドのほうですね」

「えっ猫って……」

「猫サンド、気に入りました。次から意識して猫の形にしたいと思います。というか、アイデアもらっても？」

（気に入った？　わたしの失言を……？）

真意を問う目で見つめれば、彼は茶目っけたっぷりのまなざしを返してくる。

「だめ？」

（……っ！）

この顔で懇願《こんがん》されて断れる人間はいない。

「だい……じょうぶ、です」

「ありがとう」

「いえ、こちらこそ、アリガトウゴザイマス……」

「ええ？　なんで？　お礼を言うのは僕のほうですよ。はい、猫サンド」

（『猫サンド』って猫に『さん』付けしてるみたいで、ますますかわいい）

いつの間にか、和《なご》やかな雰囲気《ふんいき》に包まれていた。

「お支払いはどうされます？」

「えっと……」

カバンをあさって財布を探すが、こんなときに限ってすんなりと出てこない。

「現金、カード、タッチ決済、コード決済、なんでも対応してます」

「え、すごいですね……」

現金の取り扱いしかなさそうな小さい店なのに、驚きだ。

「わりと凝《こ》り性《しょう》で、新しいもの好きなんです」

「じゃあスマホのコード決済でもいいですか」

内ポケットに入れていたスマホならすぐに取り出せた。

「かしこまりました。はい、ピッと。おお、本当にできた！」

タブレット画面を見て目を輝かせる青年の姿に、本当に実音子が初めての客なのだと実感する。

無地の白い紙袋にサンドイッチを入れて、透明のセロハンテープで留めたものを差し出してくれた。そのシンプルさが、誰も知らない秘密の店らしくて胸がときめく。

（なんだか……素敵。いいお店見つけちゃった）

「ありがとうございました。また来てくださいね」

普段なら無言でぺこりと頭を下げるだけが精いっぱいなコミュ障の実音子だが、今日は素直な言葉がこぼれ出た。

「また来ます。必ず」

家へ帰って普段通りの食事を終えたあと、自室でこっそりとフルーツサンドを開けた。

つぶさないよう大切に持ち帰ってきたから、パンは見事な稜線《りょうせん》を保ち、白と赤の断面もみずみずしく艶《つや》めいている。

（本当は夜に甘いものなんてダメなんだけど……）

罪悪感よりも食べたい欲求が勝り、震える指でフィルムをはがした。

（あ、写真）

ＳＮＳで写真投稿をしているわけではないが、単純に猫サンドのかわいい姿を記録しておきたい。紙袋をつぶした上にサンドイッチを置いてスマホをかざした。

フレーム越しに見ても、白と赤と桜色の同系色がぱっきりと分かれた断面は美しく、それしてかわいらしい。高価なブランド皿や花束なんかが添えられれば、それこそリア充感満載のショットになるだろう。写真を盛ることへ熱意を燃やす人々の気持ちが、ほんの少しだけわかった。

「それにしても――何度見てもかわいくて、綺麗……」

見た目の素晴らしさは言わずもがな、食べてみてもイチゴの芳醇《ほうじゅん》な香りと繊細《せんさい》なクリームの甘みとしっとり優しいパンのハーモニーにうっとりする。

（おいしい、かわいい、……幸せ）

今日一日の嫌な出来事が、すべてさらさらと溶けていく。

イチゴの猫サンドは、まさに幸せのレシピだった。


それからしばらく、また変哲のない日々が過ぎていった。

『神尾《かみお》さん、修正テープ使わないでって前にも言ったよね⁉』

『え……、それはわたしではなく……』

『言い訳はいいから！　早く訂正印《ていせいいん》出して、ほら。締め日過ぎてるんだから、ほんと困る』

『すみません……』

職場では、身に覚えのない過ちを叱責《しっせき》されて謝罪をし——、

「やだ、みーちゃんってば休みの日なのに化粧《けしょう》してるの？」

「お母さん、眉毛《まゆげ》描いただけだよ」

「色気づいちゃって。その下着みたいな格好も、どうなのかしら。今どきの若い者はって

世間がよく言うやつでしょう。お母さんはいいけど、周りはどう思うかしらね？」

お気に入りのかわいい部屋着を身に着けていれば、母親から遠回しに非難され——、

「中学のジャージでも着てりゃいいんだよ」

「張人《はると》」

「姉ちゃんはブスなんだから、身の程わきまえないと」

母親似の弟からも、父親似な容姿をいじられる。

耳にタコができるほど聞きなれた悪口ではあるが、言われるたび胸に細い針を刺されるような痛みが走る。だが、それを悟られるのは嫌だったから、なんでもないふうを装《よそお》って曖昧《あいまい》な笑みを浮かべておく。

「それより、千円貸してくんない？　ちょっとコンビニ行ってくる」

「この前五千円渡したよ」

「あれはフィールドワーク用だっつったじゃん」

「みーちゃん、貸してあげて。理系の大学生はなにかとお金がかかるんだよ」

母親の加勢で、実音子の立場はあっという間に弱くなる。

「……わかった」

しぶしぶ財布から出した千円札を、弟は素早く奪って身をひるがえす。

「俺、昼いらないから」

礼も言わず、家を出ていく。横暴な弟にため息が漏《も》れるが、文句を言う気力はなかった。

「まったくしょうがないわね」

母は口でこそそう言うものの、頰《ほお》を緩《ゆる》ませているところを見るとちっとも困っていない。成人しても相変わらず弟は溺愛《できあい》の対象なのだ。

（わたしと違って出来がいいから）

受験や就職といった大事な時期に、実音子は必ず緊張から体調を崩してしまう。大学受験は失敗して一年浪人し、翌年誰も名前を知らないような近所の短大へ入学した。就職は、母に望まれて公務員試験を受けるも玉砕《ぎょくさい》。今は同じ自治体で、一年単位で契約を更新する非正規として働いているどうしようもない落ちこぼれだと思う。

人間関係がうまくいかないのは、自分の頭が悪いせい。

そのうえ容姿も優れないから、救いようがない。

「お昼どうしよっか。みーちゃん決めて」

「わたしは……今いいかな」

「今って話じゃないわよ。どうせ後でお腹すくじゃないの。自立してるはるちゃんと違って、いい年してなんでもお母さんに任せようってするんだから」

（そういう意味じゃないのに）

しかし、反論すればさらに面倒くさい口論になるとわかっているため、実音子は唇を閉ざす。

弟は憎たらしい性格をしているものの母娘の緩衝材《かんしょうざい》でもある。彼の存在が消えると、室内の閉塞《へいそく》感が増した。

（はあ……消えたい）

希死念慮《きしねんりょ》がひょっこりと頭をもたげる。

また悪癖《あくへき》で指のささくれをむしったら、うまく剝《む》けず中途半端に千切《ちぎ》れた。すっきりするどころかさらに気分は滅入《めい》る。

（なにかいいことないかな……、あ）

ふと、幸せの猫サンドが脳裏《のうり》に浮かぶ。

映像がよみがえるとともに、甘酸《あまず》っぱい香りが鼻腔《びこう》をよぎった。

（土曜日も開いているのかな？）

わざわざ電車に乗って出かけるのは億劫《おっくう》だが、一駅の距離なら自転車でも行ける。往復の電車賃の分でサンドイッチだって一個余分に買えるかもしれない。

「わ、わたしもお昼いらない」

とっさにそう告げ、上着を羽織《はお》る。背中にぶつかる制止の声を聞こえないふりして、家を飛び出した。

（スマホしか持ってこなかったけど……、スマホ決済が使えたから大丈夫）

ショートパンツのポケットをぽんと叩き、自転車を漕《こ》いだ。

電車で五分の隣駅は、自転車だと二十分ほどかかる。ほどよく心地よい春風を正面から受けつつ、店を目指して進んだ。

陽気がいいせいか、住宅街の小道にはベビーカーを引く女性や老夫婦、ジョギングをする男性など、様々な人が行き交っていた。

（みんなけっこう出歩いているんだ）

そういえば、いわゆる『陽キャ』の弟も、休日はたいてい出かけている。

実音子には一緒に遊びに行く友人なんていないから、家でじめじめと過ごすことが多い。

だが、こうして外へ飛び出してみると案外悪くないものだ。

あとは店が開いていれば――。

ささやかな願いは叶えられた。懐かしの桜の木を目印に自転車を停めると、例のメゾネットがある。看板や幟《のぼり》は出ていないが、掃《は》き出し窓が数センチほど開いていた。

（猫ちゃんが出入りしたのかも）

今日もあの子に会えるのかと期待が高まる。

「こんにちは──……」

やはり緊張から挨拶《あいさつ》は小さな声になってしまったが、戸をくぐれば前回同様、来客を知らせるチャイムが鳴る。すぐさま二階から返答があった。

「はーい」

(あの人の声)

実音子の鼓動が弾むのと同じリズムで、青年が軽やかに階段を下りてくる。

「いらっしゃい、あ！　この前の」

二度目でも感動するほど整った美貌《びぼう》が、目の前ではにかむような笑みを浮かべてくれる。

(覚えてくれたんだ)

照れ臭《くさ》いが、嬉しい。

(わたし、こんな格好で来ちゃって大丈夫だったかな)

部屋着にへろへろの上着を羽織っただけの姿が、急に恥ずかしくなった。だがしかし、家族ですら認める不細工《ぶさいく》な自分が見た目を気にするなど、それこそ自意識過剰《かじょう》で噴飯《ふんぱん》ものだ。即座に脳内で反省した。

「また来てくれたんですね。ありがとう」

「はい。猫サンド、とてもおいしくて」

まだ残っているかな？　と期待を込めてガラスケースをのぞく。上段に四個、下段に四個、フルーツサンドが整然と並んでいた。

（あれ？）

既視感《きしかん》がある。前回もまったく同じ配置だったような。

（まさか一個も売れてない？）

つい、真意を問うまなざしを青年へ向けてしまった。こちらの意図を正確にくみ取った彼は、こめかみをぽり……と掻《か》いた。

「実は記念すべき二人目の客も君。本当、来てくれて嬉しいです」

「え、もしかして不定期オープンのお店だったとか……？」

「オープンから半月、基本的に毎日開けてます」

（お店の経営とか大丈夫なのかな？）

余計なことが心配になった。それに、

「もったいない……」

ぽろりとこぼせば、青年が両手をぶんぶんと振った。

「大丈夫ですよ、廃棄せず全部食べてますから」

たのだ。

（違う、そういう意味じゃなくて……）

もったいないのは、売れ残った商品を捨ててしまうことではない。実音子に幸せをくれた素晴らしいフルーツサンドが、まだほかの誰の手にも渡っていない事実が惜しいと思ったのだ。

なのに、言葉足らずで誤解を招いてしまった。

（いつもそう。うまく気持ちを伝えられない）

焦るあまり頓珍漢《とんちんかん》なことを口走ってしまったり、委縮して真意を説明できないまま険悪なムードで会話が終了してしまったりする。

自己嫌悪で地中に潜ってしまいたくなる。普段であればうつむいて『すみません……』と告げるところだ。

（でも）

いいのだろうか。このまま流して。

「うち、友人がちょいちょい出入りしてて、余ったやつを全部たいらげてくれるんです」

こちらの失言に嫌な顔一つせず、青年は優しい補足までくれる。

（……だめ、ちゃんと思いを伝えなきゃ）

イチゴの猫サンドに実音子は救われた。今日もまた、癒《いや》しを求めてやってきたのだ。ぐっと拳を握りしめ、必死になって口を開いた。

「違うんです。もったいないのは、お店が知られていないこと。こんなにおいしいサンドイッチ、みんなが食べるべきなんです。食べないと人生損しちゃいます！」

言い切ってから、はっとする。

空気を読まず突然爆発するように訴えかけたものだから、青年は色素の薄い瞳を大きく見開いて固まっていた。

（わたし……伝え方、下手《へた》すぎる……）

またもや自己嫌悪の渦《うず》におぼれて口を押さえる。

（誰か……助けて。神さま……）

藁《わら》にも縋《すが》る思いで天に祈った。すると願いが聞き届けられたのか、困惑に満ちた空気を破って背後の窓が開いた。

「ちわーっす！」

場にそぐわない明るい男性の声に、実音子はぎょっと肩を上げる。

振り返るよりも速く、相手のほうが駆け寄ってきて目前に現れた。

「マジ⁉ お客さん来てるじゃん！」

茶色の癖毛《くせげ》をふわふわとなびかせ、愛嬌《あいきょう》のある瞳を向けてくる。中性的で華やかという形容がぴったりくる顔立ちをしているが、身体《からだ》つきはがっしりと男性らしい。シャツの袖《そで》を肩までまくり上げ、よく日焼けした健康的な肌を惜しげなくさらしている。

「どーもー、農家です」

「のうかさん……？」

人懐っこい態度に押されて、実音子はじりっと後退する。

「あー、微妙に違う！　名前じゃなくて農家は職業」

「す、すみませんっ」

恐縮してさらに二歩下がったところで、あいだに店員の青年が割り入ってきた。

「歩夢《あゆむ》。彼女びっくりしてるから」

「あっホント？」

「馴《な》れ馴《な》れしくてすみません。彼は鳥居《とりい》歩夢。さっきちらっと話した僕の友人で、実家の果樹園でとれたフルーツをうちに押しつけ……いや、卸《おろ》しに来てるんです」

一度に与えられた情報量が多くて、実音子は咀嚼《そしゃく》しきれず曖昧《あいまい》にうなずいた。

「えっ待って、さっき話したってなに？　ってか、お客さんじゃないの？　ナンパ？」

「なに言って。お客さんに決まっているでしょ。お前がやかましいから流れ的に説明しただけ」

「やかましい言うな」

「少し黙ってて。営業妨害だよ」

「ひどくなーい？」

ぽんぽんと飛び交う会話。二人はずいぶんと気心が知れた仲らしい。

浮世離れした美形と華やかなイケメンがやり取りをしている様は、まるで舞台を観劇しているみたいで面白かった。

が、突如として店員の青年がこちらへ水を向ける。

「そういえば先に友人の紹介しちゃったけど、僕、名乗ってなかったですよね」

「はわっ」

妙な叫び声しか返せない実音子にかまわず、彼は極上《ごくじょう》の笑みを浮かべてくれた。

「星浦瞬《ほしうらしゅん》といいます。よろしくお願いします」

「あ……わ、わたし、は……神尾実音子です……」

つられて調子はずれの声で答えると、瞬は瞳を明るくした。

「ねこちゃん!?　素敵な名前ですね」

「ひゃあ！　ちち違いますっ、ねこちゃんじゃなくて実音子で……」

声を裏返して否定するものの、歩夢が明るくかぶせてくる。

「ねこちゃんってマジかわいい」

「そうだね、見た目そのままだ」

「へ⁉　わたし猫に似てますか……？」

面食らいながら聞き返せば、二人は目をぱちくりさせる。

「そーゆー意味違うし！」

漫才の突っ込みのごとく歩夢がびしっと宙をはたく。隣の瞬は肩をすくめて言った。

「君がかわいいって言ったんですよ」

「え……かわいい？」

それは実音子を表す形容詞ではない。むしろ対極にある単語だ。

（わたしはお父さん似のブスだから）

一番身近な家族が言うのだ。間違いない。

なのに、瞬は嘘偽りのない純な目をこちらへ向けてくる。

「もちろんかわいいですよ」

「‼」

絶対違う。あるわけない。客に対するリップサービスだ。

わかっているのに、こんなまっすぐ告げられたら受け取ってしまいそうになる。勘違いする自分が情けなく、いたたまれない。顔から火を噴きそうだ。

「あー照れてる、かわいー」

「うん、かわいい」

「嘘っ」

「僕、嘘はつかないタイプなので。本当にかわいいです」

「よっ、ねこちゃんかわいいー！」

（やめてーっ！）

なんの試練だろう。見目のよい男性二人に挟まれて『かわいい』シャワーを浴びるとは。あれだろうか、罰ゲーム。ブスをおだててその気にさせて、あとで『ドッキリでした！』とかいうやつ。

とにかく、誰かこの状況をなんとかしてほしい。

すると、今度こそ実音子の切実な願いが通じたらしい。背後の窓が開いて新たな人物が現れる。

「なに騒いでいるんだ？」

ともすれば不機嫌にも聞こえる低い声。

上気していた頬《ほお》がすうっと冷えた。こわごわ振り向く。

そこにいたのは、大柄でいかにも精悍《せいかん》な身体つきの男性だった。ダブルボタンの白いコックコートを着て、デニム地のサロンエプロンをつけている。肩に担《かつ》いでいるのは、プラスチックのフードコンテナだ。

一見して食品関係の業者だとわかる。

「あ、壱清《いっせい》」

「おー、今日は早いじゃん」

瞬と歩夢の砕《くだ》けた反応から、彼もまた友人なのだと推測できた。

壱清は短く刈り上げられた黒髪に、凛々《りり》しいまなざしの持ち主だが、どうも表情が乏《とぼ》しい。神秘的な美貌《びぼう》の瞬や華麗《かれい》な歩夢とはまた違う、硬派なイケメンだった。

（なんだろう、この空間。異次元……？）

それぞれ趣の異なる美形が三人も揃うと圧巻だ。立場的にも人間レベル的にも部外者な実音子は、ますますこの場で孤立した。

身をすぼめて黙っていれば、無遠慮《ぶえんりょ》な鋭い視線が貫いてくる。

「誰？」

「ひっ」

すみませんを百回重ねて逃げ出したい。しかし、あいにく出入り口をふさいでいるのもその人だった。

「こら、お客さんを威嚇《いかく》しないの。ねこちゃん、彼は三木壱清《みき》。僕の友人その二でパン屋さん」

「あ、はい……ご丁寧《ていねい》にどうも……」

どう反応していいかわからず、ぎこちなく頭を下げる。壱清は驚いたとばかり、右眉《みぎまゆ》を上げた。

「二人目の客が来たのか？」

すかさず、瞬の訂正《ていせい》が入る。

「正しくはのべ二人目のお客さんだけど」

「なんだ。おんなじやつか」

「大切なお客さんに、なんだとか言わない。ねこちゃんはさっきすごく嬉しいこと言ってくれたんだから」

(嬉しいこと？)

高身長の彼を見上げると、悪戯《いたずら》めいた瞳とかち合う。

「『こんなにおいしいサンドイッチ、みんなが食べるべきなんです。食べないと人生損しちゃいます！』だよね？」

「……っ！」

一言一句たがえず再生されて、羞恥《しゅうち》が蒸し返される。

「あー、また真っ赤になっちゃったね～」

歩夢に明るくからかわれて、ますます頰が熱を持った。

「なに。うちのパンを食べないやつは人生損しているって言ったのか」

先ほどまで冷ややかだった壱清の瞳に、灯がともる。どうやら店のサンドイッチを褒《ほ》めたことで実音子の存在が受け入れられたらしい。

「うちのは国産小麦の全粒粉《ぜんりゆうふん》百パーセントで、嚙《か》めば嚙むほど旨《うま》みと香りが広がる世界一うまいパンだ」

整った真面目《まじめ》な面持《おもも》ちを近づけて宣伝してくるから、実音子は圧倒されてうなずくしかできない。

「今日も角食《かくしよく》を持ってきている。必要ならば包むが？」

フードコンテナを下ろし、その場で蓋《ふた》を開けようとする。

横から伸びてきた歩夢の手が、それを止めた。

「なんで勝手にお前んちのパンの話になってるんだよ。抜け駆けはやめろ」

「は？　抜け駆け？　どういう意味だ」

「どさくさに紛《まぎ》れてパンを売りつけようとしてるじゃねーか。ねこちゃんはサンドイッチがおいしいって言ったんだろ。うちの果物だって入ってるし」

「サンドイッチの主役はパンだ」

「なに言ってんの？　普通中身でしょ⁉」

「いいや、ガワが大事に決まっている」

「どっちも大事だよ！」

きゃんきゃんとじゃれ合いが始まってしまう。

「賑《にぎ》やかですみません」

苦笑しながらこっそりと両手を合わせてくる瞬へ、実音子は首を横に振った。

（なんだか……楽しい、かも）

彼らの勢いと明るさに圧倒されてばかりではあったが、心がふわふわして、あたたかくなっていた。

「猫サンド、今日も並べていますよ」

「一ついただいていきます。あ、もう一個のキウイのほうも」

「今日はキウイじゃないんです」

改めてガラスケースを見れば、パンに挟まっているのは黄緑色のフルーツではなく、半円型のみずみずしいオレンジだった。

(そっか、日替わりなんだ。それもいいな)

「さすがにオレンジは猫型に切れなくて」

彼はよほど猫の形が気に入ったらしい。

必死にオレンジを猫型にしようと試行錯誤している姿を想像したら、ほほえましくて胸がきゅんとした。

「オレンジだけで猫型は難しいかもですけど……輪切りにして、三角に切ったキウイとかを二つ頭に載せたら猫っぽく見えるかもですね」

なにげなく告げれば、彼の瞳がぱあっと輝く。

「その手があったか！」

声が大きかったせいか、歩夢が興味を引かれて話に加わってくる。

「なになに？」

「いいこと考えて。キウイ切ってくれない？」

(え、今から試すつもり⁉)

ぎょっとしてしまう。

「ねこちゃん、急いでます？」

「いえ……特に」

「じゃあ、せっかくだから少し待っててください」

色素の薄い瞳をきらきらさせて言われるものだから、拒否できずうなずいた。

「切るのはいいけど、どうすんの？」

「断面三角にしたい。縦四等分でいける？」

「んー？　ま、やってみよう」

男性二人は肩をぶつけ合いながらキッチンへ入っていく。

残された実音子には、同じく取り残された壱清が声をかけてきた。

「待っているあいだパンの耳でも食うか？　うちのは耳まで極上《ごくじょう》にうまい」

問いかけながらもコンテナを開けて、もう差し出してきている。仕事が速すぎて断る隙《すき》がなかった。

「ん」

ばらばらと五本くらいまとめて渡されて、慌てて受け取る。

「ありがとうございます……」

「にゃんたまにもやらないとな」

壱清はレジカウンターにもパンの耳を束で置く。ふと見れば、そこには陶器《とうき》の招き猫が飾られていた。

高さ三十センチはあるだろうか。黒と茶が綺麗《きれい》にまじりあう鼈甲《べっこう》色の身体《からだ》に、薄紫色の美しい瞳をして、顔は楕円形《だえんけい》、お腹がぽよんとしているところが妙にリアルで愛くるしい。

そして……やたらと既視感《きしかん》がある。

店まで実音子を招いてくれた太ったサビ猫にそっくりだった。

「にゃんたま……」

「ここんちの看板猫だ。ちなみに、うちには兄弟猫のミケがいる」

パン屋のレジカウンターにも揃いの三毛猫の招き猫が据えてある様子を思い浮かべ、ほっこりした。

「素敵ですね。でも、前に来たときは気づかなかったです」

大きさからしてかなり存在感があるのに不思議だ。

「たまたま留守だったんだろう」

「え」

「こいつはときどき散歩に出るらしいからな」

面白味のかけらもない平坦な調子で告げられたので、反応に困った。

(冗談……言ったんだよね?)

きっと笑うところだったに違いない。だが、あまり感情表現が豊かではない壱清とコミュ障の実音子では、全然盛り上がらないまま会話が終了してしまった。

「壱清、角食出して」

呼ばれた彼もまた、奥へ入っていく。

「八枚切りでいいのか」

「うーん、オレンジが分厚いから六枚切りの方が合うかも」

「了解」

男性三人がカウンターを隔《へだ》てたキッチンにぎゅっと固まって、ああでもないこうでもないと試行錯誤を重ねている。

(こんな近くでわたしなんかが眺めていて……いいのかな)

贅沢《ぜいたく》としか言えないひと時だ。

常日頃どこにいても押し寄せてくる閉塞《へいそく》感を、今だけは感じないでいられる――。

しばらくして、キッチンに男性陣の低い歓声が上がる。

「できた。どうだろう?」

「いいじゃん!　カラフルだし」

「もう少しスパッと綺麗に切れたんじゃないのか?　みかんがつぶれてパンにしみている

ぞ」

「みかんじゃなくてオレンジ！」

「農家のこだわりはどうでもいい」

「パン屋こそ黙ってて」

「まあまあ、改良の余地はまだあるってことで」

わちゃわちゃしながら、三人は真っ白い皿に載せた新作を運んでくる。

「お待たせしました。試作品できたんだけど、よかったら食べていきません？」

驚きの申し出に、実音子は肩をはねあげる。

「いっいえ！　購入しますので」

「お腹いっぱいで食べられない？」

聞かれたとたん、実音子の腹が勝手に応えてしまう。

『ぐー』

（は……恥ずかしい～っ）

引きこもりが珍しく自転車なんか漕《こ》いで遠出するからだ。

「もし嫌じゃなければ、どうですか？」

嫌ではない。だが……。

まだ手を出せずにいれば、奥からスツールを抱えた歩夢がやってくる。

「立ったまま食わせる気かよ」

「おー、気が利《き》くね」

「瞬がぼんやりしてんの。はい、ねこちゃんどーぞ」

ここまで気づかわれてしまえば、さすがに断れない。恐縮しながら腰掛けると、流れるようなタイミングで膝上へ皿が置かれた。

新作フルーツサンドの断面がこちらを向いている。

「わあ」

真夏の太陽のごとき輝きを放つオレンジがまず視界に飛び込んでくる。完璧《かんぺき》なまん丸で、果肉が隙間なくぎっしりと詰まり、輪郭《りんかく》は花のごとくふわふわと丸みを帯びている。これだけでもかなりのインパクトがあるが、さらにオレンジの上には若々しい蛍光黄緑色のキウイと、金色に艶《つや》めくゴールデンキウイが一つずつ乗っている。

「三色の猫ちゃん！」

「ちょっと滲《にじ》んじゃったけどね」

照れくさそうに瞬が付け加える。たしかにイチゴの猫サンドのスパッとした断面に比べたら洗練度は低いが、それでも美しかったし、なによりビタミンカラーの彩りが食欲をそそった。

「いただきます」

両手をあわせてから、サンドイッチを摑《つか》む。もちもちのさわり心地に喉《のど》が鳴った。自然と唾液《だえき》があふれてくる。

上品に小口を開けただけでは頰張《ほおば》れないボリューム感に、羞恥《しゅうち》をかなぐり捨ててかぶりつく。

「ん……」

柔らかい甘みと歯ごたえのある酸味がほとばしる。二色のキウイは似たもの姉妹のようでまったく違う味わいを伝えてきた。身体へ滋味《じみ》が染みて、視界がクリアになった気がする。

次はオレンジ。まるごと一個を贅沢に二等分しただけのそれは、とうてい一口で食べきれる大きさではない。前歯で嚙《か》みついた瞬間、果汁がぶわっとあふれてクリームを真夏色に染めた。

「あふっ」

果汁をこぼさず飲みきろうとすれば、妙な声が漏《も》れてしまう。柑橘類《かんきつるい》独特の酸《す》っぱさと追いかけてくる甘さが、疲れた身体を癒《いや》していく。一生懸命口を動かして、初夏の美味を先取りして味わい尽くす。

気になっていた三人からの視線なんて忘れて、食べることに熱中していた。

(すごくジューシーで、たっぷりしていて、なのに、するするって食べられちゃう)

完食しても、しばらくは現実世界へ帰ってこられなかった。目を閉ざせば、南国の海に浮かんでいる心地がする。この贅沢な時間を少しでも長く味わっていたい。栄養が満ち足りた脳髄《のうずい》はじんじん痺《しび》れて、ほどよい酩酊《めいてい》感に浸る。

「どうどう?」

至福の境地から引き戻したのは、歩夢の声だった。

(あっ、感想言わなきゃ)

無料で提供してもらったのだ。つまりモニター。的確に良かった点、改善点を分析して告げる義務がある。

背筋を伸ばして瞬を見る。すると、彼はふにゃりと笑み崩れた。

「大丈夫、言わなくてもわかった。すごくおいしそうに食べてくれたから、見ていて僕が幸せをもらいました」

「そんなっ、わたしこそ」

勢いで立ち上がりかけ、膝に載せていた皿を落としそうになって慌てて座りなおした。

前かがみに拳を握るという様にならない格好で、必死に訴える。

「すごく幸せです！　見た目がかわいくて、うきうきしただけじゃなくて、本当においしかった。一口食べただけでわくわくして、身体が欲しがっていた栄養を全部もらったみたいで、今も胸がどきどきしています!!」

うきうき、わくわく、どきどき。

浮かれたオノマトペを連発する自分に、呆《あき》れるやら驚くやら。

つまらない無彩色の人生が今この瞬間、ぱっとスポットライトを浴びたようで。

これほどの感情の起伏《きふく》は珍しい。自分の心が新鮮だった。

「ありがとう。すごく励《はげ》まされます」

瞬は丁寧《ていねい》にぺこりと頭を下げて礼をしてくれる。

「この店、歩夢が流通で漏れた果物を持ってきたことがきっかけで、壱清がパンを提供してくれて、僕の興味もあって、なんとなく趣味みたいな感じで始めたんです」

（趣味……それで、採算がとれてなくても平気そうな感じだったのかな）

「でも、全然お客さんは来ないし全部自分たちで食べるばかりで、どうしようかなって思っていたんですよね。それが、ねこちゃんの笑顔で一気に報われました」

（笑顔？　わたし、笑ってたの……？）

思わず頬に手を当てる。よくわからないけれど、そこは熱く熟れていた。

「僕、人の笑顔を見るのが好きなんです」

天然なのかなんなのか、彼はまったく邪気のない瞳で無遠慮《ぶえんりょ》に見つめてくる。

(好きって、そんな……そういう意味じゃないのはわかるけどっ、でも……！)

意識せずにはいられない。

(だめだめ、うぬぼれたら)

ぷるぷると首を振って正気を取り戻し、彼のペースにのまれないようにする。

「さっきも言いましたが、やっぱりこんなかわいくておいしいフルーツサンドがほかの誰にも認知されていないってもったいないです。一度知られたら、絶対人気店になると思います」

「ねー。なんでお客さん来ないんだろう」

「あの……看板とか出してみたらいかがでしょうか？」

実音子は偶然にもサビ猫が導いてくれたからこの店へたどり着けたわけだが、メゾネットは住宅っぽいし、手前が駐車場のせいで、通りすがりの人は店として認識できていないだけなのではないか。せっかく駅前の大通りに面しているのに。

「看板なかったんだ？」

「言われてみれば、ないな」

歩夢と壱清が顔を見合わせる。瞬はぽんと手を打った。

「なるほど、看板。内装ばかり気にしてて、外側はなおざりでした」

(三人とも気づいていなかったんだ。ちょっと……かわいい人たちだよね)

目の前のことに夢中になるタイプなのだろうか。さきほど歩夢は瞬を『ぼんやり』と称していたが、どっちもどっちだ。

「看板って工務店に発注すればいいのかな。でも、この家あんまり改造したくないんですよね。一応持ち家ですが、母親から譲《ゆず》られたものなので」

「そうなんですね」

若いのに家をぽんともらえるほど実家が太いのは羨《うらや》ましい。と思いかけたところで、我に返る。

「……って工務店⁉」

しかも改造とか言った。

彼の想像する看板とは、大手ファミレスのような遠くからもよく見える特大サイズのものか。

(大がかりすぎるよ)

洋風レトロなおしゃれメゾネットの外観に、そんなギラギラした異物をつけられたらたまらない。かわいいフルーツサンド屋にも似つかわしくない。

実音子は大慌てで訂正《ていせい》を入れた。

「看板といっても、イーゼルとかでいいんじゃないでしょうか？　あの、よくカフェとかにある小さな黒板です。駐車場の前に置けば、通りすがりの方が興味を持ってのぞいてくれるかもしれません」

「なるほど、手軽でいいですね」

すると、壱清が軽く手を上げる。

「イーゼルなら、たしかうちに使ってないのがあるぞ。今度探して持ってきてやる」

「助かるー」

どうやら解決の糸口が見えてきた。

ずっとこの居心地のいい空気に浸かっていたい気もするが、実音子は単なる一過性の客だ。

（あんまり長居してもいけないよね）

立ち上がり、お皿を返して告げた。

「ごちそうさまでした。おいしい試食をありがとうございます。そろそろお会計をお願いしてもいいですか？」

「お金はいらないってさっき言いましたよ」

「いえ、これではなくて……猫サンドと、オレンジのを一個ずつお願いしたいです」

ガラスケースを指させば、彼はそうだったと恥ずかしげに肩をすくめた。

「二つで千円になります。なにで？」

「スマホ決済で」

「はい、ありがとうございました」

三角形を重ねて真四角になったサンドイッチ二つを受け取り、後ろ髪引かれつつ店を出る。

「またのご来店をお待ちしています」

わざわざ出入り口まで見送ってくれた瞬の後ろから、歩夢もひょっこりと顔を出し手を振ってくる。

「ねこちゃん、またねー」

そして姿は見えないが、その奥から壱清の低い声も追いかけてきた。

「今度はうちの店も案内してやる」

買い物額はたったの千円なのに、上客に対するような熱烈な送迎だ。ありがたくてくすぐったくて、実音子は赤べこみたいに何度も頭を下げた。

（また来よう、近いうちに）

次に来たときには、きっと素敵な看板が出迎えてくれるのだろう。


五月の連休が明けると、風には新緑の匂《にお》いがいっそう濃く混じるようになった。

夕方と夜との境目、十七時半の空を見上げると、一面にフリルレースに似た雲がかかっていた。高い位置は青く、真ん中がピンク色、低いところはオレンジと金色が混じっていて、神聖な聖堂のステンドグラスを髣髴《ほうふつ》とさせる。

（綺麗《きれい》……）

仕事帰りの実音子が、こんな気持ちで空を見上げるのは初めてだった。

いつもは周囲を見回す余裕など一ミリもない。

一日のうちでなにかしら嫌なことや不安なことが必ず起こる。その気持ちをずっと引きずったまま立て直せなくて、帰り道は下を向き鬱々《うつうつ》としていた。

（今日だって、お昼のとき……失敗しちゃったけど……）

同僚が険しい表情で電話対応をしていたので、声をかけづらく先に昼休憩をもらったところ、あとで苦言を呈された。

『神尾さんさあ、もうちょっと周りを見て行動したほうがいいよ』

実音子としては邪魔をしたらいけないと気づかったつもりだった。しかし、独りよがりの判断であり、正しくはそばにいて必要であればサポートするなり、メモを残すなり、なんらかのコミュニケーションをとるべきだったのだ。

そんなわけで、自分のダメ具合に午後いっぱい落ち込んでいた。

けれども——ふと、帰りがけにフルーツサンドを買いに行こうかなと思い立った。すると、身体《からだ》中にまとわりついていた灰色の靄《もや》がさーっと晴れていく。美しい夕空が目に留まり、素直な心で綺麗だと感じられた。

(こんなに心が凪《な》ぐなんて)

早く向かおう。

電車に乗って、自宅の最寄り駅を通り過ぎ、隣の駅で降りる。その頃にはまた夕空は趣《おもむき》を変えていた。ピンク色の面積が広がり、一面に白い花びらのごとき雲が散っていて、春爛漫《はるらんまん》の花畑にも劣らない美しさだった。

「あ……!」

店の目印である桜の古木を見て、思わず駆け寄る。ピンクの空を背負ったそれは、季節を取り戻して花咲いたふうにも見える。

（来年は桜、見られるかな？）

今年は来るのが遅かったから、望みを翌年へ託す。

（さて……）

途中に大型連休を挟んだため、店に来るのは久しぶりだった。看板はどうなっただろう。

（効果てきめんでお客さんがいっぱい来て、売り切れているなんてことも？）

その可能性に初めて気づいて、勝手にショックを受ける。

店の繁盛《はんじょう》を願う気持ちは本物だが、相反して実音子一人だけが知っている秘密の場所でもあってほしい。

（わがままだな、わたし……。こんなんだからダメなんだ）

落ち込んだり心安らかになったり、また不安になったり……感情がジェットコースターだ。

浮き沈みして疲れた心を早く癒《いや》したい。三角屋根が三つ連なったメゾネットを振り仰《あお》ぎ、ほっと息をつく。そして、手前の駐車場左端に置かれた腰の高さほどのイーゼルに気づいた。

（看板、本当に採用してくれたんだ）

徐々に薄暗くなる空のもと、少しイラストが見えにくくて腰をかがめる。

黒板の上側には、白いチョークで『猫サンド』と書いてあった。瞬はよほどそのフレーズが気に入ったらしい。

真ん中には大きくイラストが描いてある。だが肝心《かんじん》のそれは——なんとも不思議な物体だった。

まず中央に、ハロウィンのジャック・オー・ランタンとよく似た怖い見た目の何かがいる。その奇妙な生物は、鉄格子《てつごうし》と形容すべきか壁と形容すべきか、縦長の四角い棒に挟まれていた。棒と生き物のあいだは子供の塗り絵のごとく荒い斜線で塗られている。

(これは……なんというか、個性的?)

見れば見るほど……とげとげの生えた壁に押しつぶされる怪物のイラストだった。独創的ではあるが、画風が毒々しいほうに振り切れている。

猫サンドというからには、猫の形をした具材を挟んだサンドイッチを描いたのだろう。中央の橙色《だいだい》の生き物は、試作品といってごちそうしてくれたあのオレンジで作った猫に違いない。

実音子は知っているからなんとか想像できる。

けれども、通りすがりの一般人は謎めいたイラストに頭を抱えたのでは?

果たして看板の効果はあったのか。

漠然《ばくぜん》とした懸念《けねん》を胸に、店の窓を開ける。

控えめな実音子の声に重なって、センサーに反応した呼び出しチャイムが鳴る。

「こんにちは……」

二階に人がいる気配はするが、瞬はすぐには出てこなかった。

彼が来るまで待っていよう。カウンター上のにゃんたまに挨拶《あいさつ》をしてからガラスケースを覗《のぞ》き込む。上段には三個、下段にも三個、オレンジとキウイで大きな猫をかたどったフルーツサンドが綺麗に鎮座していた。

(二個売れた……？)

たしか以前は八個並べられていた。そのうち半分がイチゴのフルーツサンドで。

しばらくして、頭上から椅子《いす》を引く音が聞こえた。急いだ足取りで瞬が降りてくる。

「いらっしゃいませー、あっ、ねこちゃん」

桜の花も恥じらう綺麗な笑みに、実音子はそわそわしてしまう。

「こ、こんにちは」

「ようこそお待ちしてました。本業のほうで手が放せなくて、お待たせしちゃってすみません」

(本業……そっか、二階で別のお仕事しているんだ)

だからチャイムが鳴ってもすぐに出てこられないのだと理解する。過去には彼が気づかないうちに店へ来たものの帰ってしまった客もいたのではないか。

もし実音子が社交的な性格だったなら、『どんなご職業ですか?』などと尋ねて話題を広げられただろう。

しかし、そんな高度な世渡り術は持ち合わせていないので、ただの想像で完結させた。

(お金持ちな上に本業があるから、お店が趣味程度でもやっていられるのかな)

本人も新しいもの好きと言っていた。果樹園の息子とパン屋の友人が集《つど》い、材料が揃って、必然的にフルーツサンド屋という新しい趣味に目覚めたといったところか。勝手に納得して、実音子はうなずいた。

「表の看板見てくれました? 昨日出したばかりで」

弾んだ調子で尋ねられる。

「あっ、ああー……見ました」

つい『あの微妙なイラスト』という本音が垣間見《かいまみ》える上がり調子な声で答えてしまう。

(お世辞《せじ》でも『素敵です』って、開口一番に言うべきだったんじゃないの?)

すぐさま反省するものの、時は戻せない。

(こうやってわたしは人に嫌われていくんだ)

せっかくの素敵な出会いが、まただめになってしまう。

なにか相手が喜ぶことを言って挽回《ばんかい》しなければと、肩に力がこもる。

「そうだ、お客さん！　来たんですね。おめでとうございます」

精一杯の祝意を伝えれば、穏やかだった瞬の笑顔がかすかに陰る。

(あれ……また、失敗……？)

彼は気恥ずかしげに頭へ手をやった。

「来てないんですよねー」

「えっ、でも、イチゴのサンドが……」

「イチゴは入荷しなくなってきたので、今日はオレンジの猫サンドオンリーなんです」

総数が八個から六個に減ったのも、角食が八枚切りから六枚切りに代わっただけの話なのだった。

とんだ早合点《はやがてん》である。

(どうしよう。おめでとうなんて言って、むしろ嫌みでしかないよ)

失態に肝《きも》が冷えた。どう話を繋《つな》げたらいいのか皆目見当がつかない。立ち尽くす実音子に、瞬は眉《まゆ》を下げながら気づかいに満ちた言葉をくれた。

「せっかくいい案をくれたのに、ふがいなくて申し訳ないです」

「そんな！　謝らないでくださいっ、悪いのはわたしで……」

「どうして？　ねこちゃんはなんにも悪くないですよ？」

そのときだった。背後から強い車のライトが差して、ガラス窓を赤く染める。振り向けば、目の前の駐車場に軽トラックが停まり、運転席から歩夢が降りてきた。

彼は駐車場の端に置かれたイーゼルの前へ回ると、顎《あご》に手を当ててそれを眺める。そして突如として肩へ担《かつ》ぎ、大股《おおまた》でこちらへやってきた。

「よーっす。ねこちゃん来てたんだ、どーも」

「こんにちは……」

言って、空の暗がりからして『こんばんは』だったかもしれないと余計なことが気になる。

歩夢は窓ガラスを閉めるなり、イーゼルを乱暴に置いた。

「片づけ？　もうそんな時間？」

瞬の不思議そうな声に、歩夢は強くかぶせる。

「違うわ！　なんだこの呪われそうな看板」

（ああー、言っちゃった！）

頭を抱える実音子にかまわず、歩夢は歯に衣着《きぬ》せぬ調子で続ける。

「不気味な顔文字が拷問《ごうもん》受けて苦しんでるみたいで気味が悪いわ」

「嘘、気持ち悪い⁉」

「猫って書いてあるけど猫に見えねーし。こんなん却下《きやつか》」

「壱清は『いい』って言ってくれたのに」

「お前らの感性が俺にはわからん」

二人の視線が、沈黙を決め込んでいた実音子へ同時に注がれる。

「ねこちゃんも変だと思います？」

「やばいよな？」

「ええ……」

好感度は上げたいけれど瞬の肩を持つこともできず、かといって正直に告げてがっかりされたくもなくて、返しに窮《きゆう》した。

「僕、怒ったりしないので正直に言ってくれません？」

怒られるのを恐れていたわけではないのだが、瞬の真摯《しんし》なまなざしに貫かれて、嘘はつけないと観念した。

「ねこちゃん、店のためを思ってガツンと言ってやってよ」

店のためという歩夢の言葉に背中を押され、実音子はおずおずと唇を開いた。

「あくまでわたしの個人的な意見なので参考にはなりませんけど……、なにも知らない人が見たとき『猫サンド』がなんなのかわからないかも、と思いました。ほら、猫が名前につくお店っていったら、ペットショップとか猫カフェとか連想する人が多いじゃないですか。サンドイッチが売っていると、わからなかったんじゃないかなって」

目の前の四つの瞳が『なるほど』とばかり納得した色を浮かべて見つめてくる。

こんな真剣な面持《おもも》ちで実音子の意見に耳を傾けてくれた人なんて、今までいなかった。

そもそも端《はな》から意見を求められはしないし、万に一つ述べる機会があったとしても、要領を得ない下手《へた》くそな話し方に呆《あき》れられて、途中で遮《さえぎ》られるのがおちだった。

言いたいことを最後まで言い切るというのは――ずいぶんと爽快《そうかい》な体験だ。

「そっか、サンドイッチ屋だとわからなきゃ意味がないよね」

ぽろりと瞬がこぼせば、隣で歩夢が大いにうなずく。

「やっぱ描き直したほうがいいって」

「うん。ちょっと待ってて、チョーク持ってくる」

「って今やるのかよ。マイペースだな」

思い立ったら即行動してしまう気質なのかもしれない。そういえば前回も、実音子を待たせて試作品を作っていた。

「はい、チョークと黒板消し」

「なんで俺に渡すんだよっ、自分で描け」

「えー？　僕が描いたらまた同じ絵になっちゃうよ？」

「俺だって絵心なんかないし。知ってるだろ？　図工も美術の成績も散々だったの」

「それは歩夢がたいてい提出期限守らないからじゃなかった？」

「うっせ。細かい作業は苦手なんだっつーの」

どうやら二人はずいぶん昔からの友人のようだ。図工というからには小学生からの幼馴《おさな》染《じ》みかもしれない。

（もう一人のパン屋さんも、そうなのかな）

それぞれ異なった趣《おもむき》のイケメンである三人が常に固まってわちゃわちゃしているところを想像すると、虚構の世界を覗いているようだった。

（贅沢《ぜいたく》な時間だな）

遠巻きにほほえましいやり取りを眺めていれば、不意に彼らが同時にこちらを向く。

「ねこちゃん絵は得意ですか？」

「へあ⁉」

「もしよかったら描いてみてくれません？」

（そっそんな、わたしは違う世界の住人なのにっ！）

咳《せ》き込みそうになるのを必死に我慢する。

それでもすぐに否定すべきだったのだ。なにも答えられずにいたのが災《わざわ》いし、瞬があらぬ誤解をしてしまった。

「いいの？　ありがとう！」

「っ!!」

天使のごとき清らかなかんばせで告げられる。断られる未来などみじんも予測していない彼に、今さら『無理です！』など否定は突き付けられない。

うきうきした様子でチョークを渡されてしまえば、万事休すだった。

（うう……描くしかない……）

期待に輝く瞳に見つめられ、緊張をつのらせながら黒板と向き合う。ご丁寧《ていねい》にも、横から黒板消しで先のイラストを綺麗《きれい》に消してサポートしてくれた。

「あの……イチゴの季節はもう終わりって言ってましたよね？　これからだと、なにがぴったりきますか？」

尋ねれば、ここは出番とばかり歩夢が脇から答えてくれる。

「今ならサクランボかな。メロンもとれるし、スイカもそろそろ。そうだ、今日持ってきたやつ、冷蔵庫入れとくよ」

言うと彼は外へ出ていった。軽トラックの荷台から荷物を下ろし始める。

実音子は改めてまっさらな黒板へ向かった。

ルビーのようなサクランボに、翡翠《ひすい》色したメロン……、それを白いクリームで包むと色のバランスがよく映えそうだ。用意されたチョークは赤・青・黄・白・緑のスタンダードな五色。全色使うには、黄色のパインも加えればちょうどいい。

構想が固まると、なんだかうずうずしてきた。さっそく取り掛かる。

(お絵描き……懐かしい)

小さい頃、絵を描くのが好きだった。

活動的な弟と違って、幼い実音子は家で一人で過ごす時間が多かった。静かで手がかからない子供であるのを、母親が珍しく褒《ほ》めてくれたから……それが嬉しかったのも理由の一つだったかもしれない。

好んで描いていたのは、リボンやレース、何着ものドレスデザイン、花に宝石、お菓子や小動物など、いわゆる『かわいい』小物だ。小学校へ上がっても、ノートの片隅にめいっぱいイラストを描いてばかりいた。

あくまで漠然《ばくぜん》とだが、将来こんなふうに絵を描く仕事をしたいという夢を抱いたりもしていた。

それが打ち砕《くだ》かれたのは、ちょうど今の季節、五月中旬《ちゆうじゆん》の風物詩がきっかけだった。

『みーちゃん、これ描いてみたら？』

あるとき母親が一枚の紙を持ってきた。見れば、近所のスーパーで募集していた『母の日イラストコンテスト』の応募用紙だった。

『優秀賞だと、はるちゃんの欲しがってたゲーム機……ほらあの、持ち運びできるやつがもらえるのよ』

そう言って母は期待に満ちたまなざしを向けてくる。息子を喜ばせたいという気持ちだけがよく伝わってきた。だが、それでも実音子の心はわずかに高揚《こうよう》する。

(うまくできたら、褒めてもらえるかもしれない)

しかし——筆は進まなかった。

『モデルやってあげるから』

冗談交じりに笑顔で目前に腰掛ける母親の顔を何度見ても、イラストに起こせない。なぜなのか理由はわからないが、実音子は人というものが描けないらしかった。

ずっと押し入れに溜めてきた落書き帳を一から見直してみたら、ドレスは描くのにお姫様すら一度も描いていないのに気づいて、愕然《がくぜん》とする。

初めは『どうしたの？』『へたくそねぇ』と笑っていた母も、一向に仕上がらない紙面にいらつきだした。

とうとうコンテストの締め切りが過ぎ、母の日当日がやってきたところで彼女は盛大なため息をついて言った。

『弟のために頑張れないなんて、お姉ちゃんらしくないよね』

（またお母さんをがっかりさせちゃった……）

『肝心《かんじん》なときに描けないんじゃ意味ないし』

（わたしの絵なんて、意味がない）

『くだらない絵ばっかり描いてないで、勉強しな。時間の無駄だよ』

（絵を描くことは……時間の無駄）

それから、実音子はイラストを描くのをやめた。大切に保管してあったはずの落書き帳の束は、いつの間にか処分されていた。文句を言うのはお門違《かどちが》いだとわかっていたから、黙って受け入れた。

けれども。

赤いチョークで光沢まで描いたサクランボの丸い粒、青と緑を混ぜて絶妙なみずみずしさを表現した四角いメロン、濃淡をつけた黄色の筋を重ねて密度の濃さを出した三角のパイナップル、それから、白いチョークを横にして滑らかな色合いを心掛けたクリーム、鋭角的なパン……、描けば描くほどのめり込んでいく。

中央にフルーツサンドができあがったあとも、手は止まらない。気の赴《おもむ》くまま、右下に猫のイラストを描き添えた。この店へ実音子を招いてくれたサビ猫を。

「すごい」

ふと手もとが陰る。とっさに振り向けば、瞬が右肩ごしに至近距離で覗《のぞ》き込んでいた。

「……っ」

思いがけない距離の近さに、一瞬で身体《からだ》がこわばる。しかし彼はまるで気にせず、妖麗《ようれい》とさえいえる美顔で告げてくる。

「実物よりもおいしそう」

息づかいが、耳朶《じだ》を甘くかすめる。背筋がぞくぞくっとして、とっさに身を引こうとした……が、寸前で思いとどまる。

ただイラストを覗かれているだけなのに、避けたりしたら自意識過剰《かじょう》だろう。

「あっあー、ええと、こんな感じで……大丈夫でしたでしょうか……？」

正面を向いて、平静を繕《つくろ》った。舌がうまく回らないけれど。

「すごくいいよ。それに、にゃんたままで描いてくれて」

実音子が描いたのは生きているほうの猫だったのだが、彼はカウンター上の招き猫だと思ったらしい。きっとデフォルメして描いたせいだろう。

違うと声を上げるのもおこがましくて、そのまま受け流した。

「一番上にお店の名前を書いたらいいと思うんですけど……、どうしましょう？」

「店の名前か。そういえば考えてなかったな」

（そうなんだ……）

本当に趣味の一環として行き当たりばったりで始めた店なのだった。

「さっきねこちゃんが言ったふうに、ぱっと見でわかりやすい名前にしたいな」

「『フルーツサンドなになに』みたいな感じ……でしょうか」

「なら『フルーツサンド猫サンド』はどう？」

（ちょっとくどいかも……）

ただでさえサンドイッチなのに、字面《じづら》も猫を『サンド』で挟み込んでいて暑苦しい。

「うーん、猫って店名につけるのなら別のなにか……、猫ちゃん、サビ猫、あ……招き猫、とか？」

「それいい！　僕書いてもいいですか？」

瞬がさらに身を乗り出してきた。

「は、はい、もちろん……」

「貸して」

彼は実音子から白チョークを受け取るなり、左手をイーゼルの左端についた。実音子は背後から抱え込まれ、彼の腕の中にすっぽりと収まってしまう。

(書くって、この体勢で……!?)

内心大慌てだが、少しでも動けばあらぬところが触れ合ってしまいそうでできない。石像のごとく固まったまま黒板に注目して、重なる気配から意識をそらした。

目の前の文字は、端麗にゆっくりと刻まれていく。

『招』

(早く終わって……)

彼の手が動くたび、一文字書きあがるたび、空気が揺れて優しい息づかいやたくましい脈動がこぼれ、伝わってくる。

『き』

(近い、近いよ……!)

心臓の鼓動が高まり、壊れてしまいそうだ。

『描』

「しまった、間違えた」

（え？　違う）

緩慢《かんまん》な手つきで誤った文字を消す。いったいぜんたい、彼は実音子を焦らしているのだろうか。困り果てて眉《まゆ》が八の字になってしまう。

『ね』

（ひらがなにしたんだ。あと一文字）

『こ』

（やっと……終わった……！）

ぬくもりが、そっと離れていく。待ち焦がれた解放――だったはずなのに、なぜだろう。肩口が冷たいような、寂しいような、妙な空虚さに襲われた。

わけがわからず、両手でぎゅっと腕を抱いて慰める。そんなこちらの葛藤《かっとう》などいざ知らず、瞬はキッチンで作業中だった友人を呼び寄せた。

「おーい、できた」

「どれどれ」

布巾で手を拭きながらやってきた歩夢は、品評会の偉い人みたいに顎《あご》を上げた。

「いいじゃん！　フルーツサンド屋って一目でわかる」

「でしょ？　ねこちゃんに頼んでよかった」

改めて、瞬が両手を広げてこちらを向く。

「本当にありがとう。最高の看板になりました」

「い、いえ……全然大したものではなくて……わたしの絵なんてくだらないから、すぐ消しちゃってください」

「まさか。コーティングして一生飾っておきたいくらいですよ。とても上手《じょうず》だし、リアルなのにかわいいタッチで、僕はすごく好きです」

（好きって！）

ぎょっとして目を剥《む》くと、瞬もまた意外そうに目をしばたたく。

「言われたことない？」

「……ありません」

「信じられない。みんな見る目がなさすぎです」

「いえ、そもそも絵なんて、久々に描いたので……それこそ、子供のとき以来で」

「そうなんですか？　これだけ才能があるのに」

（褒《ほ》めすぎだよ……）

過ぎた賞賛を素直に受け止めるほど自信家ではない。

だが、まっすぐに注がれる瞬の曇りなき瞳を見れば、彼が心の底からそう思って告げてくれているると理解できた。

（すごくいい人……）

ここにいると、なんだか甘やかされてしまう。

照れくささに両手で頰《ほお》を包み、うつむいた。それを追いかけるふうに、瞬が覗き込んでくる。

「へ……っ、な、なんですか？」

「笑顔、素敵だなって思って」

「っ」

――『僕、人の笑顔を見るのが好きなんです』

前に告げられた天然発言がよみがえる。

（好きって、さっきも簡単に言うし……なんだか、もう……）

脳みそが沸騰《ふっとう》しそうになって、ぎゅっとまぶたを閉じた。

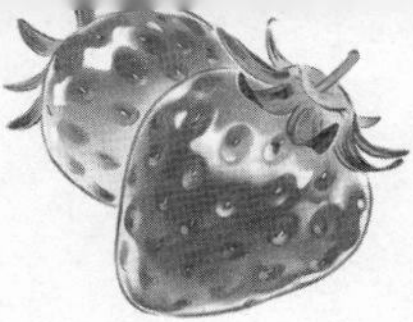

第二章

優しい枇杷ジャムサンド

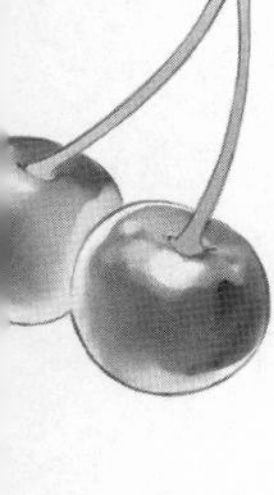

店の看板は今も飾られているのだろうか。

実音子《みねこ》は自室のベッドの上で、膝を抱えて焦れていた。

遮光《しゃこう》カーテンの隙間《すきま》から差し込む日差しは緩《ゆる》く、床に長い影を作っている。あと一時間もすれば日が暮れ始め、憂鬱《ゆううつ》な日曜日の夜がやってくる。

——フルーツサンドのイラストを描くのを手伝ってから早半月あまりが経ってしまった。

一日おきに雨が降り、止んだと思えば夏顔負けに汗ばむ陽気が訪れる。

季節は夏へと進んでいるのに、実音子は立ち止まったまま。店を一度も訪れていなかった。

別に忙しかったわけではない。非正規の仕事は残業などほぼないし、帰りに誘い合ってご飯を食べに行く友達だっていない。店へ寄ろうと思えば毎日だって行けた。

(なんだか……気が引けちゃって)

少しイラストを手伝ったくらいで、常連顔をして出入りするのはどうなのか。瞬《しゅん》たちは親しげに大歓迎してくれたが、それはようやく訪れた初めての客だったからだ。

(頻繁《ひんぱん》に顔を出したら、図々《ずうずう》しいって思われるかもしれない)

変に期待をして後で傷つくのは結局自分だ。最初から一歩引いて構えておいたほうが精神的に楽だった。

(わたしはただ運よく最初の客になれただけ)

勘違いしてはいけない。

自分を戒《いまし》めて膝を抱え直すが……お尻がむずむずする。

(気になる!)

立ち上がり、窓を開けた。

二日間続いた雨は昼頃やんで、空はうっすらと蒼く輝いている。西から風が吹きつけ、六月にしては涼しく感じられた。

(こういうのお出かけ日和《びより》って言うんだろうな)

弟は数時間前に出かけているし、母親も夕飯の買い物へ出ていた。室内でじめじめと過ごしているのは実音子一人だ。

(出かけてみようか)

珍しく、前向きな考えが頭をもたげる。

(ちょっとしたサイクリング。それで歩道から、駐車場に出てるイーゼルだけこっそり確認するとか)

そうだ。店は駐車場の奥に引っ込んでいる上、瞬はいつも店頭にはおらず二階にいるから外は見ていない。通りすがりに看板を確認するだけなら気づかれないし、迷惑もかからない。

（運動、運動。夏で薄着になるから、ダイエットしないと見苦しいし……）

取ってつけたような理由を胸に、着の身着のまま外へ出る。持ち物は例のごとくスマホだけだ。

西風は、部屋の中で感じるよりも強かった。真正面から顔へ受け、髪を絡ませて自転車を漕《こ》ぐ。ひどい有様だ。はたから見たらメデューサに見えることだろう。

途中の信号で止まったとき、手櫛《てぐし》で髪を整えてみる。

（メイクとかちゃんとしてくればよかった）

考えるものの、はっと我に返る。

（ブスのくせになに言ってるの？　わたしの顔なんて誰も見てないよ）

そもそも看板だけ見て帰ってくるつもりが、深層心理ではあわよくば瞬と会えないかと望んでいたなんて呆《あき》れてしまう。

あれこれ考えながらも、目的地へどんどん近づいてきていた。

銀杏《いちょう》並木の中に一本だけ紛《まぎ》れ込む桜が見えたと思ったら、もうそこは店だ。自転車に乗ったまま、胸を高鳴らせて店の方角を向く。

（あった……！）

駐車場の手前に、実音子の描いたフルーツサンドのイラストが堂々と飾られている。

（すごい。わたしの絵が、ここに）

まるで自分も彼らの一員になれたみたいで誇らしい。こんなありがたい機会は人生でもう二度と訪れないだろうから、観光客さながらスマホを構えてパシャパシャ撮りたい……ところを、ぐっと耐える。道行く人からおかしな目で見られてしまう。

（まだ飾ってくれてる。この目で見た。目的は達した。うん、帰ろう。でも……もう少しだけ）

歩道の真ん中で、実に中途半端な体勢のまま看板を眺め続ける。

駅方面からやってきた親子連れが、邪魔な位置に自転車ごとたたずむ実音子をよけて看板へ近寄った。そこで、小学生くらいの女の子が声を上げた。

「猫ちゃん！」

「どこ？　あら、こんな看板あったかしら」

子供が指さしているのは実音子の描いたサビ猫だった。

（どうしよう！　わたしの絵が足を引っ張ったりしたら）

急激に不安がこみあげてきて、手に汗握る。

母親は、娘へ優しいまなざしを送った。

「かわいい猫ちゃんね」

「うん！　サンドイッチもかわいい」

（ほ、本当に……⁉）

見ず知らずの親子からの賛辞に、目の前がぱあっと明るくなった。

「あそこサンドイッチ屋さんだったのかあ。明日のパン買っていく？」

「行くぅ」

手をつないだ親子二人は、メゾネットへ吸い込まれていく。

（やった！）

頭の中で祝いのクラッカーが弾けた。歓声を上げたい衝動に駆られて、柄《がら》ではないと思いとどまる。

こうなったら、親子が買い物を終えるまで見届けたい。

不審がられないように自転車を街路樹ぎりぎりまで下げて、桜の木の下でスマホを確認するふりをして待った。

ガラスケースの前で、女の子が楽しげにぴょんぴょんと跳ねながらフルーツサンドを選んでいる。

（そうだよね、かわいいよね。見たら絶対欲しくなるよね）

勝手に共感してうんうん、とうなずく。

(あ、お母さんが財布を出して……、サブバッグも。どれを買ったんだろう、気になる)

あまりにも不躾《ぶしつけ》な視線を送っていたせいで、手をつないで店から出てきた親子と目が合いそうになる。慌ててスマホへ視線を落としてやり過ごした。

親子は幸せそのものといった雰囲気《ふんいき》で、笑い合いながら歩いていく。

(素敵なお客さん……！　ありがとう、ありがとう)

実音子は顔を上げ、親子の背中を目で追った。

女の子はスキップしていたが、ふと足を止め、待ちきれないとばかり母親の持つサブバッグをのぞく。すると母親はからかうようにバッグを上へ掲《かか》げ、小走りで逃げた。女の子は甲高《かんだか》い声を上げてそれを追う。楽しげな二人の背中は徐々に遠ざかり……見えなくなった。

「……ねこちゃん？」

(え!?)

背後から声をかけられて、大きく肩を震わせる。この声は……。

「どうしたの？」

実音子が周囲に張りまくっている警戒の垣根《かきね》をひょいっと越えて、瞬の顔が至近距離に現れる。いつの間にか店から外へ出てきていたらしい。

(はわーっ!)

慌てすぎて声も出ない。

ずいぶん身を寄せてくると思ったら、彼は実音子が手に握るスマホを指さしていた。

「急用ですか?」

(そういえばスマホを見てるふりしてた)

真っ黒な画面を見られたら弁解できない。急いでポケットへしまい直す。

「い、いえ、もう用事は済んで……」

「よかった。姿が見えたのになかなか入ってこないから、どうしたのかと」

(中から挙動不審な様子が丸見えだったとか、恥ずかしい)

本当に滅多《めった》なことをするものではない。

「寄っていきますよね?」

なのに、まったく気にせず瞬は受け入れてくれる。ありがたくうなずいた。

「そういえばさっき見た? お客さん来たんですよ」

「あっ、はい! 素敵なお母さんとかわいい女の子でしたね」

「ええ、お父さんの分もって言って、三つも買ってくれたんです。実はね、看板を出してから毎日誰かしら来てくれるようになったんですよ」

「ほ、本当ですか……！」

嬉しい、と言いかけて慌てて言葉をのみこむ。喜んだら、自分の手柄だと主張するみたいで図々しい。

「……おめでとうございます」

脳内で慎重に言葉を選んだ結果、最も当たり障《さわ》りない発言となってしまった。

そこへ、また駅方面からやってきた人が足を止める。

「えーなんかお店ある」

「『フルーツサンド招きねこ』だって」

高校生くらいの女の子二人連れだった。二人ともフリルの白シャツにプリーツのミニスカートを合わせている。双子コーデとかいうやつかもしれない。

「そうですよ。フルーツサンド売っています。よかったら見ていってください」

瞬がとびきりの笑顔を向けると、二人は揃って瞳を丸くする。

「きゃーっ、なに？　ウソ！」

「ヤバいんですけど！」

黄色い歓声を上げ、女の子たちは抱き合う。青春を絵に描いたような反応だ。潑溂《はつらつ》とした若さがまぶしい。

　しかし、瞬は急に焦りだす。

「すみません、突然声をかけて驚きましたよね。不審者じゃありません。僕そこの店員です」

（あれ？）

　女性たちは明らかに瞬が素敵すぎて興奮しているのだが、彼は自分を怖がって叫んだと勘違いしたようだ。

（そういうところが少しずれてて……ほっこりする）

「ええと、ほら、女性の店員さんもいますので！」

　大きな手がぽん、と実音子の右肩に置かれた。

（え……）

　つられて視線を落とし、自分に触れている異物をぽかんと眺める。

　長い指、清潔にカットされたつややかな桜色の爪……、だけれど手の甲は男性らしく筋が張り、とても広くて——薄地の布越しに確かなぬくもりがじんわりと染み入ってくる。

（えええええ!?）

　手が……この世の美を独り占《ひとじ》めしたような瞬の手が、実音子の肩に置かれている！

（待って、なんで？　嘘、こんな……）

まるで親しい友人の距離感ではないか。

（恐れ多くて、申し訳ないっ）

半ばパニック状態で、立っているのもおぼつかない。自転車を摑《つか》んでいなかったら倒れていたと思う。前後不覚な実音子に、瞬は一生懸命ウインクをしてアイコンタクトを取ろうとしてくる。

『ごめん、話を合わせて』

あまりの衝撃で直前の記憶が欠落してしまっている。いったいなんのことかわからないまま、とりあえずうなずいた。ようやく彼の手が離れていき……少しだけ人心地が戻ってくる。

「安心して店の中見ていってください」

「えーどうする？」

「行くー」

ご丁寧《ていねい》に瞬は実音子の手から自転車を奪い、駐車場へ停めてくれた。

「どうぞ、いらっしゃいませ」

瞬に流されて、共に店へ入る。女性二人は興奮して、甲高い声で会話し続けていた。

「やばくない？」

「マジでヤバ！」

「見て、サンドイッチある」

「なにこれ猫なんですけど」

「猫とかうけるー」

　ガラスケースには、オレンジとキウイで猫をかたどったフルーツサンドが二つ並んでいた。

「えーうち、買い占めます」

「ずるい。半分こだよ」

「かしこまりました。お一つずつ、お会計五百円になります」

　ついさっき実音子に触れた大きな手が、ケースの中へ差し込まれる。

（……っ）

　今さらながら、肩口が妙に熱い。気を逸《そ》らそうと、カウンターの上にたたずむにゃんたまを見やった。

　実音子の邪《よこしま》な心を見透かしているみたいに紫色の瞳がきらりと光る。

（変な……わたし）

完全なる独り相撲《ずもう》だ。ここに母がいれば『みっともない』とたしなめてくるに違いない。

「ありがとうございました。また来てくださいね」

「きゃー、ウソ」

「また来まぁす」

買い物を終えた女の子たちは、徹頭徹尾《てっとうてつび》賑《にぎ》やかに去っていった。

出入り口の窓が閉まると静寂が戻ってくる。そこで実音子は、ガラスケースが空《から》なことに改めて気づいた。

「……売り切れ」

すると、実音子のつぶやきを聞いた瞬は、少年じみた歓声を上げて両手を広げる。

「やったあ、初完売！」

「初なんですか？」

「そう、全部売れたのは今日が初めてです。とうとうこんな日が！」

頬《ほお》を上気させ、瞳にめいっぱい喜色を浮かべ、こちらへ力強く踏み出してくる。

（え、待って！）

この流れは、抱き合って一緒に『わーわー』言う感じでは？

瞬はいつも仲のよい友人たちに囲まれて密なつきあいをしているから、人との距離が自然と近くなるのだろう。しかし実音子は、コミュ障・陰キャ・引きこもりのトリプルネガティブ属性なのだ。

（さささすがに無理っ）

エベレストよりも高いハードルだ。清々しいほどわざとらしく身をひるがえして、招き猫の頭を撫《な》でた。

「にゃんたまがお客さんを招いてくれたんだね！　おりこうさん。さすが招き猫」

「ううん、にゃんたまはそんなポーズしてますけど、本当は招き猫じゃなくて猫又《ねこまた》で」

（ん？）

どさくさに紛《まぎ》れてジョークを仕込まれたようだが、今はそれどころではない。

「えっと、そういえばパン屋さんにも兄弟猫ちゃんがいるとか……」

「あっちのミケはちゃんと猫っぽいですよ」

（猫っぽい……とは）

にゃんたまも十分リアルで猫以外の何物にも見えない造形だ。瞬は見た目だけでなく話す内容もときどき浮世離れしている。

「この店にとっての招き猫はにゃんたまじゃなくて、ねこちゃんですよね」

「は、はい⁉」

「だって、全部君のおかげです。看板を描いてくれたらすぐにお客さんが来るようになったから」

「そんなはずは！」

たまたまだ。いい具合に偶然が重なっただけに過ぎない。実音子なんか招き猫どころか疫病神《やくびょうがみ》のほうに近いのだから。

なのに瞬は、確信めいた声で告げてくる。

「今日だって完売したのは、ねこちゃんがいてくれたからです。ありがとう」

（……っ！）

本当はものすごく嬉しい。けれども素直に喜んだりしたら、自分の手柄だと言わんばかりではないか。そんな大きな顔はできない。必死にぶんぶんと首を横に振った。

「とんでもないです。たまたま看板の近くにいたから気づいてくれた人がいたというか……そう、サクラみたいなものでしょうか！　誰かが見ている商品がいいものに見えて、つい買っちゃうアレです」

「桜……か」

瞬のまなざしが窓の外へ向く。彼の視線の先には桜の古木があった。

（あ、あれあれ？　伝わらなかった？　またわたし、テンパって変なこと言ったから……）


それでも、相手を嫌な気持ちにさせなかったのならばよしとしよう。

瞬は遠いまなざしをしていた。

（よくわからない……けど）

目が、離せない人だ。

女性顔負けの優雅さと繊細《せんさい》さを併せ持った儚《はかな》げな雰囲気《ふんいき》ながら、整った鼻筋や輪郭《りんかく》は男性らしく、内面はかわいいところがあって——絶妙な甘辛《あまから》ミックスぶり。

神々《こうごう》しくて近寄りがたいけれども、なるべく近いところから眺めていたいような。もっと親しくなりたいとか分不相応な望みは持つべくもないが、淡い繋《つな》がりは消したくないと欲が出てしまう。

どこか甘く、穏やかな沈黙に酔いしれる。

居心地のいい沈黙があるなんて、知らなかった。

やがて、夢から覚めたように瞬が声を上げた。

「しまった。売り切れとか言って喜んでたけど、ねこちゃんの分！」

「わたしはいいんです。また日を改めますから」

「せっかく来てもらったのにそういうわけには。そうだ、ビワって好きですか？」

枇杷《びわ》。形はプルーンと似たオレンジ色の果実だ。初夏のスーパーで姿を見かけることはあるが身近ではなかった。食べた記憶はあるけれど、味が思い出せない。

「あまり食べたことがなくて……すみません、わからないです」

「最近はビワの木も見かけませんよね。うちは昔、庭にビワの木があって夏になるとよくもいで食べたんですよ」

「へえ……」

「ビワは今がわりと旬《しゅん》で、歩夢《あゆむ》が持ってくるようになったんです。でも、真ん中に大きめの種があるし、けっこう水っぽいのもあってフルーツサンドの具には難しくて」

言いながら、彼は奥へ引っ込んでいく。冷蔵庫を開け、蓋《ふた》付きの白い琺瑯《ほうろう》を持ってきた。カウンター越しにぱかっと開けて中を見せる。角度によっては金色にも見える薄橙色《うすだいだい》のペーストが入っていた。

「ジャム……！」

「そう、作ってみたんです。もしよければ、食べてみません？」

おあつらえ向きに、カウンターの横からパンの耳が登場した。壱清《いっせい》が置いていったものだろう。

彼はわざわざ接客用のビニール手袋をはめて、手ずからパンの耳にジャムをディップし、実音子へ渡してくれる。

「いいんですか?」

「もちろん。感想聞かせてください」

「いただきます……」

ぱくっと頬張る。まず感じたのは、もちもち食感のパンの味だった。続いて、甘みが舌先にほんのりと灯る。

(これがビワ? すごく……優しい味)

意識しないと逃してしまいそうな、上品で淡い甘さだ。清涼感がシャーベットと似ている。

「どうでしょう?」

「おいしいです」

通り一遍《いっぺん》な感想しか言えない語彙力《ごいりょく》に絶望するものの、瞬はそれを咎《とが》めたりしない。むしろ嬉しげに、いそいそとキッチンへ戻って小瓶《こびん》を持ってきた。

「気に入ってもらえたなら、こちらをどうぞ」

売り切れてしまったフルーツサンドの代わりというらしい。

「いただきます。おいくらですか?」

「お金はいりません。これは看板のお礼だから」

「えっでも……」

反射的に身を引けば、瞬はカウンターへ乗り出してくる。

「遠慮《えんりょ》しないで受け取ってください。僕一人じゃこの量は食べきれないし。もちろん、嫌いな味じゃなかったらでいいですけど」

（嫌いなわけない）

こちらが断れない理由をつけて勧めてくれるので、いかに卑屈《ひくつ》な実音子でもその心づかいを無下《むげ》にはできなかった。

「ありがとうございます、大切に食べます……」

「なくなったらまた取りに来て。それと、次はねこちゃんの分のフルーツサンドも取り置きしておきます。いつ来られます？」

（次って。来て……いいんだ）

ビワの繊細《せんさい》な甘みが胸にまで届く。

明日にでも遊びに来たい。だがしかし、調子に乗りすぎではないか。

浮かれてつま先立ちになりそうな自分をなだめ、地に足をつけた冷静な答えを返す。

「じゃあ、また来週の日曜日に……」

これが実音子の精一杯だった。一週間くらいなら、我慢できる。

「うん、お待ちしてます。そういえば、さっきはごめんなさい。勝手に店員さん扱いしたりして」

「え⁉　ああ、あれは……大丈夫です」

(あの慌てぶりはほほえましかったし、むしろ……仲間に入れてもらえたみたいで、嬉しいかも)

浅ましい心の声が顔にだだ漏《も》れだったのか、瞬はまさに今実音子が考えていた通りを言葉にする。

「ねこちゃんは僕たちの仲間みたいな気がしちゃってて」

「！」

やっぱり『明日も来ます』と言えばよかった。

後悔《こうかい》先に立たずだけれど。

実音子は一日千秋《いちじつせんしゅう》の思いで七日間を過ごした。

二十五年の人生の中で、これほど約束の日が待ち遠しかった経験はない。学生時代、皆が『待ちに待つ』らしい運動会は大の苦手であったし、修学旅行は友達のいないぼっちにとって苦行でしかなかった。就職してからは早く週末になってほしいと願うことはあっても、仕事をしたくないとかネガティブな理由からであって楽しみとは違う。

ちょうど一週間前も朝から無駄でしかない悶々《もんもん》とした時間を過ごしていたが、懲《こ》りずに今日もベッドに座ったり立ったりと非建設的な半日を過ごす。

（前回と時間を合わせたほうがいいよね？）

もうすぐ夕暮れ、という頃合いで家を出発したはずだ。しかし、夏至《げし》が近づいてくるにつれ、日が沈むまでの時間はずいぶんと長い。

（あんまり早く行っても迷惑だし、それに……）

妙な欲がにょっきりと頭をもたげる。

（全部売り切れた状態から、『取り置き分です』って出してもらいたい気もしちゃう）

実はこちらの欲求のほうが本命かもしれない。

そんなわけで、実音子は焦れる気持ちへ蓋をして、日が暮れるまでの数時間をつぶした。

とうとう待ち望んだ時間帯が訪れる……も、今度は別の障害が待っていた。

「ねえ、はるちゃんが何時に帰ってくるか聞いてる？　連絡しても繋《つな》がらなくて」

スマホを手にした母が実音子に尋ねてきた。

「ううん、聞いてない」

「そろそろご飯の支度《したく》しないといけないのに」

（どうしよう、出かけにくくなっちゃった……）

弟がいない上、実音子まで夕飯時に出るなど、なんと言われるか。先週は母親が買い物中に出たからよかったが、どうすればいいだろう。

（わたしが買い物に行ってくるとか言って、お惣菜《そうざい》買ってきてあげたらいいかな）

それが一番の落としどころかと考えるものの、やはり思い返す。

（お母さんが喜ぶお弁当って難しいんだよね……）

食事の栄養バランスに異様なこだわりがある彼女を満足させるには、高級料亭の名前を冠した商品を探さねばならない。そして運よく見つけられたとしても、その日の気分で母の好き嫌いは変わってしまうので、実音子には正解を選ぶ自信がない。

とはいえ、弟が選んだ弁当ならなんだって喜ぶのだが。

（やっぱり気づかれないうちにさっと行って、さっと帰ってこなくちゃ）

リビングでスマホを眺め始めた母の様子を窺《うかが》いながら、じりじりと機会を待つ。やがて、彼女はスマホをテーブルに伏せて立ち上がった。

「はるちゃん帰ってきて食べるって。やっぱり駅前まで買い出しに行ってくるわ」

「行ってらっしゃい」

背中を押して急き立《せ》てたい気持ちを抑えて、彼女を見送る。

――そうして、ようやく実音子は家を出ることができたのだった。


メゾネットへ到着すると、手前の駐車場には軽トラックが停まっていた。

（農家さん来てる）

中を覗《のぞ》けば、歩夢だけではなく壱清もいた。三人でカウンターを挟んで固まり、立ち話をしている。

「こんにちは……」

「おー、きたきた。やっほー」

窓を開けると、中でも一番社交的な歩夢が真っ先に右手を上げた。続いて瞬、壱清の順で挨拶《あいさつ》してくれる。

「いらっしゃい、ねこちゃん」

「どうも」

（よかった、邪険にされたりしない）

友好的な雰囲気《ふんいき》に、ほっと胸をなでおろす。

「先日はビワのジャムをありがとうございました。とてもおいしくて……」

「よかった」

「ねこちゃんも食べたんだー。うちのビワおいしかったっしょ」

（『も』ってことは、ほかのみんなも食べたんだ……）

自分だけが特別な気がしていたが、思い違いも甚《はなは》だしい。そもそも幼馴染みに敵《かな》うわけがない。

「ジャムに合わせるパンは、うち以外で買ったのか？」

「ひっ、すみません、コンビニで買っちゃいました」

「コンビニ⁉」

「ごめんなさい！」

「まあまあ、壱清。僕がうっかりしてた。一緒にパンの耳も渡せばよかったよね」

「悪いのはお前か」

言って、硬そうなげんこつを瞬の柔らかな髪へめり込ませる。……笑っているから、本気ではない。ほほえましいじゃれ合いだ。

「ねえ、それよりさ、見て今日のラインナップ」

歩夢に促されて、ガラスケースへ目を移す。前回のようにほとんど売れているのかと思えば、綺麗《きれい》に八個並んでいた。

（え……一個も売れてない？　お客さん来るようになっていたのに……？）

そうだ、きっと売り切れたから新たに作って並べたのに違いない。

だから通常メニューのオレンジの猫サンドがない。あるのは具を細くスライスして斜めに配置したサンドイッチが二種類、片方は淡い黄緑色、もう片方はビビッドなオレンジ色をしている。

「メロンと、マンゴーですか？」

「正解！　超うまそうでしょ。特にメロンは、うちの果樹園の最推しだから」

即座に歩夢が弾んだ声で告げてくる。

「みずみずしくておいしそうですね」

「それが全然売れなかったんだよねー、がっかり」

（やっぱりそうだったの？　どうしてだろう）

考え込むあまり沈黙してしまう。

この世の終わりとばかりの悲痛な表情をしてしまっていたのか、気をつかった瞬が訂正《ていせい》を入れてきた。

「売り上げがゼロだったわけじゃなくて、オレンジの猫サンドは完売したんですよ。ねこちゃんのおかげで売り切れる日が出てきたから、今日から種類と数を増やしてみたんです」

（なるほど、新しいメニューだけが売れなかったのね）

旬《しゅん》の果物を使った自慢の新商品が一つも売れないのは、たしかにショックだろう。

「やっぱり猫の形じゃないとダメだったのかも」

肩をすくめた瞬がこぼす。すぐさま、歩夢が食ってかかった。

「果肉柔らかいんだから無理だろ」

「うん、まっすぐ切るので精一杯だった」

特に果樹園直送の完熟フルーツともなれば、ちょっとの刺激で果汁があふれてしまう。加工などもってのほかだろう。

「メロンにこだわる必要ないんじゃないのか」

黙って聞いていた壱清が、冷静な一言を挟む。だが、歩夢は譲《ゆず》らない。

「じゃあなに出すわけ？　イチゴはしばらく出ないし、オレンジもキウイも少ない。サクランボやビワは種がめんどいって言うし、もうなくね？」

（メロンやマンゴー、わたしなら食べたいけどな）

腰を屈めて正面から見つめてみる。客が一人も注文しなかったというのは解せない。眺めていると、ふと気づく。

「あ、値段、七百円？」

イチゴもオレンジも五百円だった。メロンとマンゴーは高級フルーツだからそれより高いらしい。

「もしかして……、みんな安いほうを選んだのかも？」

商品が同じケース内に並べてあると、客目線ではどうしても価格を比べる。しかもオレンジはかわいい猫の形をしていた。必然的にメロンとマンゴーはお得ではない感じに見えたのではないか。

「えーでも、メロンとマンゴーだよ？　高くないと思うけどな。そりゃスーパーとかで激安で売ってるのもあるけど、うちのは全然グレードが違うし」

歩夢が口を尖らせて言ってくる。

（そうだよね、貧乏くさいこと言っちゃって恥ずかしい）

壱清も腕を組み、重々しく友人の意見に賛同する。

「価格は下手《へた》に妥協《だきょう》しないほうがいい。価値を自ら下げる」

彼らの声音《こわね》には実音子を責める色はなかった。だが、もともと自信がないので自己肯定感はがくんと下がってしまう。

「すみません、なにもわからない部外者が……」

情けないほど眉《まゆ》をへの字にして謝罪する。

「ねこちゃん、違いますよ」

下げた頭へ、瞬の穏やかな声が降ってきた。こわごわ顔を上げる。透き通るように綺麗なまなざしが実音子を貫いた。

「君は部外者じゃない。アドバイスをくれたり看板を手伝ってくれたり、もう立派な仲間です」

(え……)

瞬だけではない。壱清も歩夢も柔らかな表情をこちらへ向けていた。

「ほかにも思いついたら言えばいい。女性の意見は貴重だからな」

「店に来るのもほとんど女の子だし、ねこちゃん目線で考えるのが集客の近道だよね」

(嘘みたい)

仲間だなんて。こんな卑屈《ひくつ》な実音子を受け入れてくれるだなんて。

「ねこちゃんが嫌でなければ、気づいたこと自由に言ってもらってみんなで話し合えたらいいなって思います」

鼻の奥が、つんと痺《しび》れる。それは心地よい痛みだった。

(もしわたしなんかで力になれるのなら、なりたい)

きゅっと唇を噛《か》みしめて強く思う。

〈大丈夫だよ〉

誰かに優しく背中を押された気がして、自然と口がほどける。

「原価が高いフルーツなら、むしろもっと値上げしてもいいのかも」

先ほどとは百八十度変わった意見に、三人は見事に似た調子でぽかんとする。

(変なこと言ってしまわないかドキドキするけど……頑張って伝えなきゃ)

口から心臓が飛び出そうだが、必死に言葉を紡いだ。

「『高級品です』というのを押し出して、見た目をもっとゴージャスにしてその分ちゃんとした価格に設定するんです」

おそらく今陳列されているのは価格を抑えるためにスライスした薄めのサンドになっている。断面は綺麗ではあるが、高級感はさほど伝わってこない。

「オレンジの猫サンドはフルーツが丸いから分厚いじゃないですか。それより見栄えがするようにメロンもマンゴーも厚くして、クリームもたっぷり挟んで、もっと大きくしたら目立つんじゃないかと」

「たしかに、うちのアンパンも大きいやつから売れていく」

壱清の素朴《そぼく》な感想に、思わず笑ってしまう。実音子もパン屋へ行けば自分のトレイには一番大きくておいしそうなものを取る。

「いいと思います。けどそれだと、見た目のかわいさはないけど大丈夫？」

猫サンドにこだわる瞬が首をひねる。

「『かわいい』は身近なイメージですが……『高級』や『豪華』は近寄りがたいというか、別物なので区別があったほうがむしろいいと思います」

答えれば、歩夢がぽんと手を打つ。

「わかる！　かわいい子も綺麗な子もどっちもいいけど、芸能人みたいなオーラ出してると声かけにくいもんね」

「お前の喩《たと》えだと、メロンもマンゴーも結局手が出せないってことになるぞ」

静かに切り込むのは壱清だ。

「ホントだ。ゴージャスすぎてもダメなんだなぁ」

「だが、たまには焼き鳥でなく高い和牛も食ってみたくなる。そういうランクの品が一つくらいあってもいいかもしれない」

それぞれが独特な表現で理解を示してくれる。

（高級品は一つだけあるほうが特別感があっていいのかも）

お得な商品もいいが、数量限定というのはより購買欲をそそる。瞬も同様に感じたらしく、声を弾ませる。

「今日はメロンもマンゴーもと欲張りすぎて、お互いの価値を下げちゃったのかもしれません」

定番商品とは別に『今だけ』という体《てい》のスペシャルなものがあったら、貧乏な実音子だって買ってしまう。限定春色リップとか、そういうやつだ。

そのほか、どうしても買いたいと思うのはどんなときだろう。

（……まとめ買い！）

二個買うと五十円引きとか、送料無料とか言われると、少額でも得をしたい気分にかられる。

「ねこちゃん、まだほかにもありそうですね」

瞳を爛々《らんらん》と輝かせてもの言いたげにしていたのがばれてしまった。恥ずかしくて、もごもごと告げる。

「たとえばなんですけど、『メロンとオレンジを一緒に買うと、五十円引き』みたいなサービスはどうでしょうか？　二種類とも買いたくなりません？」

「なる。いいアイデアですね」

即座に瞬は受け入れてくれるが、歩夢が意見を割り込ませてくる。

「五十円引きはデカいなー。だってオレンジの一割引きになっちゃうわけでしょ？　もともと、かなりぎりぎりのライン狙った値段なんだよね」

指摘されてちょっぴりシュン……となるが、さっきみたいに落ち込んだりはしない。否定されたわけではなく、実音子の意見を受け止めた上での意見交換だとわかったから。

「十円、二十円だと、インパクト弱いですかね……？」

「じゃあ、もっと安い商品を出して、そっちとセット売りするのは？　どうせオレンジはこれから入らなくなるんだし」

瞬が言うと、どさくさに紛れてにゃんたまを撫《な》でていた壱清が手を止める。

「価格帯を三つに分けるということか」

「そうなるね」

「流れが変わりそうだな。この話を知っているか？　とあるレストランでAランチ八百円、Bランチ千円に設定したら、客のほとんどが安いほうのAランチばかりを頼んだとか。そこで店主が千二百円のCランチをメニューに加えたら、今度はBランチが一番売れるようになったと」

「あーなんかわかる。無難に真ん中選んどこ、みたいなところあるよね」

実音子も歩夢の発言に心の中で大きく同意した。

いつも失敗を恐れるチャレンジ精神ゼロの自分は、選択肢《せんたくし》が三つあれば中でも一番当たり障りないものを選ぶに決まっている。

「中には一番うまそうなCを頼みたくなるやつも出るし、相変わらずAを頼むやつもいる。なにを言いたいかというと、選択肢の幅があるのはいい」

瞬は歩夢と向き合い、交渉を始める。

「もっと安い果物っていったらなにがある？　それこそバナナとか？」

「バナナは基本輸入でうちの流通には上がってこないんだよ。買うならスーパーでって言いたいところだけど、なんかちょっと悔しい」

自家農園を愛しているのだろう。ライバル心を燃やしたのかぷいっと横を向く。

「イチジクとかモモはそんな安くないしな。もう少しすればブドウが出るけど」

縁もゆかりもない場所で購入する果物より、せっかくなら生産者の顔が見えるもののほうがいいし、新鮮さだって段違いだ。客にとってどちらが有益かは火を見るよりも明らかである。

「あの……ビワってまだ入荷しますか？」

おずおずと尋ねれば、代わりに瞬が背後のキッチンを示す。

「ビワなら冷蔵庫にまだたくさん」

「だったら、前にいただいたジャム、すごくおいしかったので……ジャムサンドとかどうでしょう?」

いち早く反応したのは壱清だった。

「それならもっと薄い十枚切りとか十二枚切りの角食《かくしょく》で作るといい。むしろ、うちで出してもいいぞ」

イチゴのジャムサンドなどはパン屋でもよくあるメニューなのだった。

「だーめ。壱清のところはピーナッツバターでも挟んでおいて」

茶目っけたっぷりに瞬は言うと、実音子へあたたかな視線を送ってくる。

「ジャムサンドなら価格を抑えられると思うし、すごくいいアイデアですよ。ありがとう。今日もねこちゃんがいてくれて本当によかった」

「そんなっ、単なる思いつきですし、ほとんどみなさんのご意見があってこその流れで……」

焦って両手を振りながらも、頭の中では瞬の声が甘く再生される。

――『ねこちゃんがいてくれて本当によかった』

（嘘みたい、そんなこと言ってくれる人がいるなんて）

漠然《ばくぜん》と抱えてきた希死念慮《きしねんりよ》。それが……氷が溶けるようにゆっくりと輪郭《りんかく》を崩していく。

「ねこちゃん遠慮深いなー。ここはアドバイザリー契約でもして、給料もらったら？」

冗談めかして歩夢が言ってくるのを、実音子はさらに首までぶんぶんと振った。

「とんでもないです！」

「大丈夫だよ、瞬のうち金持ちだから」

趣味で利益の出ない店を続けていられるのだから、そんな気はしていた。だが、瞬は困ったふうに歩夢の肩を叩いてたしなめる。

「金持ちってわけでは……」

「いやいや。宝くじ一等当たるやつ、激レアだから」

（一等⁉）

さすがに驚きすぎて、変な声を上げてしまう。あまり詳しくはないが、テレビコマーシャルなどで知りうる情報だと一等は数億円単位の賞金だったはず。

思わず宇宙人を発見したような目で瞬を見てしまう。

彼はため息をついて肩を下げた。

「当たったのは僕じゃなくて母親です。たしかにこの家はもらったけど、あとは彼女が全部持って海外行っちゃったので」

（お父さんはいないのかな？　それにしても海外……スケールが大きい）

バブルの香りがするドバイあたりで豪遊しているセレブの姿を思い浮かべる。

「すごいですね、羨《うらや》ましいです」

しかし、瞬が語るのはまた違うイメージの女性だった。

「子育てが一段落したからっていって、自由気ままに楽しんでいるみたいですよ。東南アジアを転々として、今はタイが気に入って居着いているらしくて」

（ほほえみの国タイ……！）

なぜだかほっこりしてしまうではないか。

突如として億万長者のパリピ像は消え去った。さすが瞬の母親だ。息子と同じく浮き世離れした雰囲気《ふんいき》の優しげな姿を連想させられる。

（……今日はいろんなことを話せて、すごく楽しかった）

前回約束した通り、瞬は実音子のためのオレンジ猫サンドを一つ確保しておいてくれた。無事購入すると、新たなメニュー案の礼にと余ったメロンサンドとマンゴーサンドまで一つずつもらってしまった。

申し訳ない気持ちでいっぱいながら、また通ってその分を購入して返そうと決意する。

帰宅途中、家まで待てず途中の公園へ立ち寄った。ベンチに座るなり、目をつぶって紙袋から一つ、取り出してみる。

オレンジ色のスライスされた果実と目が合った。

「いただきまーす」

ぱちんと手を合わせてから、一口かじる。

（マンゴー、甘っ！）

たったのひとかけらで、ねっとりとした甘みが口中を支配する。ほどよく弾力のある噛《か》み心地は高級フルーツならではだ。すでに満足感で胸がいっぱいになる。

（まだこんなにある）

王侯貴族にでもなった気分で、贅沢《ぜいたく》にもぐもぐと味わう。マンゴーの濃厚な甘みに対してどこまでも軽やかなクリーム……、二つのハーモニーは最高だった。

（ぎゅっと詰まった甘さがたまらない）

腹持ちのよさも抜群《ばつぐん》だ。食べきったあとも多幸感が消えない。

鼻の奥まで南国の香りに満たされ、こめかみがじんじんと痺《しび》れる。指先まで糖分が行き届き、一本数千円する最高級の栄養ドリンクを呷《あお》ったように力が湧いてくる。

（フルーツサンドって、神さまの食べ物みたい）

清涼感はちきれるメロンも、きっと天に上るほどおいしいに違いない。

また店に行きたい。すぐ行きたい。

どうしてこの前は行きたい気持ちを何日も抑えていられたのだろう。

実音子を受け入れてくれるあたたかい場所——知らない頃にはもう戻れない。

その上、新たな欲の芽がにょきっと生えてしまった。

（ただお客さんとして通うだけじゃなくて、力になりたい）

自室のベッドの上で正座をし、スマホを掲《かか》げる。

（もっと学ばなきゃ）

フルーツサンドについて。果物について。食品について。サービスについて。集客について。

思いつくままネット検索し、情報を集めていく。

（いろんなお店があるな）

フルーツサンドに特化した店は全国にたくさんあり、どこも独自の工夫《くふう》を凝《こ》らしていた。

中でも気になるのは、やはり断面が美しいものだ。

（猫サンドにこだわるのはある意味正解だったのかも）

メロンのような高級サンドもいいが、通常価格で猫に代わるかわいい見た目の商品があったほうがいい。

（客層も女性が多そうだし）

実際、店に来るのは女性ばかりだから実音子の意見が聞きたいのだと言われた。

（もっともわたしに一般的な女の子のニーズがわかるのかっていう不安はあるけど……）

ネットで情報を集めて頑張るしかない。

季節が進めば、次はモモやブドウが旬《しゅん》になる。モモの果肉はメロンと同様柔らかいので飾り切りは難しそうだが、ブドウは工夫ができそうだ。

（丸く並べて花にして、下には緑色の果物で茎《くき》と葉を飾ったフラワーサンドとかよさそう）

あれこれ考えが浮かぶのを忘れてしまいそうで、メモを取る。瞬たちを前に口頭で説明するよりも、紙に書いたものを見てもらう方が口下手《くちべた》な実音子の意見をきちんと伝えられるだろう。

（せっかくだから、イラストも添えて……）

よりわかりやすく、かわいいと思う断面図を描いてみる。調子が乗ってきて、色をつけたくなった。

（小学校で使った色鉛筆、取ってあったっけ？）

引き出しをあさり、実に十年以上ぶりの古びた缶ケースを見つけた。持ち運びであちこちが歪んだケースはなかなか開かず、試行錯誤してようやく開いたときには手がすっかり埃《ほこり》まみれになっていた。

（あ……懐かしい）

久々に対面した色鉛筆は長短入り交じり凸凹《でこぼこ》していたものの、黒から白まで几帳面《きちょうめん》にグラデーションを描いて並んでいた。

（大切に使っていたから……）

ピンクや赤、黄色、オレンジといった暖色系の色鉛筆が総じて短く、特にピンクは鉛筆削《けず》りでは削れない短さまでよく使い込まれていた。

（かわいい色が好きだった）

それがいつの間にか、服や持ち物は地味なくすみカラーばかりを選ぶようになっていた。見た目も性格もパッとしない自分とかわいさは不釣り合いだったから、避けてしまったのだ。

大のお気に入りだったピンクの色鉛筆を摘《つま》んでみる。胸のどこかが感傷的にきゅっと締まった。

（ピンク……そういえば桜色のアイシャドウ買ってたな）

お気に入りのブランドから出た昨年のクリスマスコフレだ。どうせ自分には似合わないし、絶対使わない色だと思いつつも、一目で欲しくなり、日が経っても諦められなかった。最終的には、限定品だから今しか手に入らないし、ケースがキラキラでかわいいから眺めるだけでもいいと理由をつけて購入した。そしてドレッサーの引き出しにしまったままになっていた。

（あれをちょっと使ってみようかな）

桜色のシャドウをつけて、店へ行く。

想像すれば、ふわっと気分が華やいだ。

たいてい日曜日の夜というものは、明日から始まる新たな一週間に絶望感を抱いて沈んでいるものだ。

それなのに、今夜は明日が来るのが待ち遠しい。初めての浮かれた週末だった。


仕事を終えたらすぐに着替えて店へ向かおう。

そんなモチベーションで週明けの一日を過ごしていたところだった。不意に同僚が声をかけてくる。

「神尾《かみお》さん今日どうしたの？」

「はい……？」

振り返りつつ、入力作業に不備でもあったかと横目でパソコン画面を確認する。

「なんかすごい集中力だし、顔色もいい」

（顔色？　あ……、化粧《けしょう》）

右手をこめかみに当てたところで気づく。昨夜浮かれて発掘した桜色のラメ入りアイシャドウをまぶたへ乗せているせいだ。

普段は眉毛《まゆげ》を書く程度の最低限の支度《したく》しかしないから、雰囲気《ふんいき》が違って見えたのだろう。

「あの……実はメイクをちょっと……、変じゃないですか？」

「全然変じゃないよ。似合う」

（嘘……！）

ピンクが似合うなんて言われたのは生まれて初めてだった。嬉しさで、かーっと頬《ほお》が熱くなる。

「あ、ありがとうございます……」

「えー、お礼なんて。でもいいね、卑屈《ひくつ》じゃない神尾さん」

（んん？　今、いいって褒《ほ》められた？　いや、卑屈とも言われたし）

言い終えた同僚は笑顔で身をひるがえし、また別の同僚へ話しかけに行った。悪気はまったくなかったのがわかる。彼女は社交的で誰とでもよく話し、部内の評価はいい人だ。ただ実音子とはあまり話す機会はないが。

（そっか。いつものわたし、卑屈だって思われていたんだ）

ショックは受けない。そうだろうな、と自分でも納得するから。こちらが『話しかけないでオーラ』を出していたので、遠巻きにされていたのだろう。

（もう少し気をつけよう）

自分は生まれつき人をいらいらさせる気質だ。だからといって投げやりでは悪化の一途を辿《たど》ってしまう。

少しでも普通に近づきたい、せめてこれからは。

（嫌われたくない人がいるから）

きゅっと唇を引き結べば、自然と口角が上がった。よりいっそう業務に集中して、その日の仕事をやり遂《と》げた。

定時と共にパソコンを閉じ、魔法少女の変身とばかり瞬時に着替えて職場を飛び出す。電車では階段付近で開くドアの前を陣取り、目的地へ最速、最短距離で向かう。

(雨が降ってきそう)

金に朱を溶かしたような夕焼け空は、天頂を覆《おお》う黒雲に押されて山の端へ消えようとしていた。

いつ何時雨が降ってもおかしくない梅雨《つゆ》の季節なので、カバンに折りたたみ傘は入れているものの、使わずに帰宅できれば楽だ。

(まあ、お店は駅から三分くらいだから、傘はささなくても大丈夫か)

外が暗くなっている分、店の中は明るく、よく見えた。

(お客さん来てる)

驚くことに、女子高生らしき制服姿の女の子が五人も詰めかけていた。狭い店内はすし詰め状態となっている。

(ちょっと回り道してもう一度戻ってこようか)

一瞬そう考えるが、すぐ思い返す。

雨に降られたくないのも理由の一つだが、肝心《かんじん》なのは……。

前にも外側からちら見だけして帰ろうとしていたのを、瞬に見つかって恥ずかしかったのだった。今回も同じパターンとなる恐れがある。

（ぽわっとしているようで、そういうところ気づきそうだもんね）

一度目はごまかせても二度となると、いつも変な行動をしている人だと誤解されかねない。

（店へ入って、静かに順番待ちしよう）

意を決して店内へ踏み込んだ。

「いらっしゃいませ」

ガラスケース前に群がる女子高生の壁の向こうから、瞬がにこっと笑んで迎えてくれる。実音子は先客の邪魔をしないよう、黙礼だけ返して少し離れた位置で待機した。

五人の集団は、若者らしいエネルギーにあふれていた。誰一人として実音子の存在を気にとめず、折り重なるようにケースをのぞきながら甲高《かんだか》い声で話している。

「やだ、決めらんない」

「メロンたっか！」

「でもおいしそう、あたしメロンがいい」

「うちはジャムのにしよっかな。今月ピンチなんだよね」

選択肢《せんたくし》が複数あると選ぶのが楽しいのだろう。ほほえましく眺めていれば、一人が際立《きわだ》って大きな声を出した。

「こんなん食べたら太っちゃうよ！」

「……」

賑《にぎ》やかだった場の温度がほんのわずかに下がった。

しかし、意見を述べた当の女子生徒は友人たちの異変に気づいておらず、鼻息荒く続ける。

「アイ、ダイエット中だって言ってたじゃん。サヤも水着、海で着るんでしょ？　炭水化物に砂糖の塊《かたまり》を挟んだスイーツなんて正気じゃない。やめよーよ」

正義感あふれる調子で言い切られると、反論できなくなるものだ。

友人たちは、カウンターの奥で苦笑を浮かべている瞬をちらちらと窺《うかが》いつつ、一人また一人とガラスケースから離れていく。

「そうだね」

「やめておこっかな」

「あたしも」

最後の一人は未練があるようで、スマホを握りしめながら立ち尽くしていたが……。

「帰ろ帰ろ」

友人たちがいよいよ店を出始めたため、振り切るふうにぎゅっと目をつむってから身をひるがえした。

結局誰一人購入せず、店をあとにする。

（太っちゃう……か）

自分に言われたわけではない。なのに、喉《のど》もとへむき身の刃を突きつけられた心地がした。

ふかふかパンに甘いクリーム、さらに蜜たっぷりの果物……言われてみれば、ダイエットの天敵トリプルコンボに見えてくる。

（そりゃ気になるよね、特に高校生の頃だったら……）

身に覚えがある。ありすぎる。

今だってメンタルが弱い実音子だが、当時の脆弱《ぜいじゃく》ぶりは比較できないほどで、毎日生きるか死ぬかのぎりぎりのラインをさまよっていた。

『なんか顔、パンパンになったね』

きっかけはある日の朝。母親からの一言だった。

おそらく世間一般の女子よりも実音子は幼く、ファッションやコスメにも疎《うと》くて自分の容姿をそれまであまり気にしてこなかった。

（わたし、太っているのかな）

改めて映した鏡の中の自分は丸顔で、特に餅《もち》のような弾力のある頬《ほお》が特徴的だった。身近な比較対象となる母親と弟は揃って細面《ほそおもて》であり、自分だけがこの家で違う生物に感じられた。

『お父さんも顔とか二の腕とかパンパンな人だったんだよね。そっくり』

当時の実音子にとって、父親に似ていると言われるのは、最大のショックだった。

両親は弟が生まれて一年後に離婚している。小学校入学の少し前だった実音子は父の顔をうっすらとしか覚えていないので、容姿が醜《みにく》いかどうかはわからないし問題ではない。ただ、母は父をとにかく嫌悪しており、なにかにつけて愚痴《ぐち》を蒸し返した。父親イコール悪の存在と刷《す》り込まれてきたため、父に似ている実音子も必然的にこの家では悪いものとして扱われていたのだ。

（痩《や》せたい）

ネットで調べれば、ダイエット方法は数えきれないほど出てくる。リンゴダイエット、朝バナナダイエット、糖質制限ダイエット――などなど。

その中で高校生の自分が一番手軽に思えた、白米を食べないダイエットを実践《じっせん》することにした。

しかし……。

『なんでご飯を食べないの⁉』

母親は実音子のダイエットを決して認めなかった。

『だから、痩せたいんだって』

『痩せたいなら運動をしなさいよ。ジョギングでも水泳でもすればいいじゃない。家でだらだらしてるのがいけないのよ』

体型どころか家に引きこもっていることまで責められて、自分の残念さ具合に落ち込んだ。

『とにかく……食べないから』

『あーあ、もったいない。これ捨てるんだ？』

母はご飯茶碗《ぢゃわん》を摑《つか》み、白米を容赦《ようしゃ》なくゴミ箱へ投げ捨てる。そんなことをする必要はないのに。

『よその国ではろくに食べられない子だっているのにね』

罪悪感で胸がしくしくと痛んだ。

『お願いだから……次からよそわないで』

震え声で懇願《こんがん》する。だが、次の日も山盛りの茶碗が食卓へ出され……食事制限はあきらめた。

次に、朝晩の走り込みをしようと身体《からだ》を奮《ふる》い立たせる。だがその決意も邪魔される。

『近所を走る？　できるの？　運動神経のいいはるちゃんならともかく。どうせ三日も続きやしないでしょうに』

そんな言い方をされたら、外へ出る勇気がしぼんでしまう。ならば家で筋トレをと試みるも、

『はるちゃん見てよ、お姉ちゃんのアレ』

『ウケる、全然なってねーじゃん』

『アレは誰に似たんだろうね。やり方教えてあげたら？』

『いやだよ、面倒くさい』

弟まで巻き込んで運動音痴《おんち》の姿を笑いものにされて、消えたくなった。

挙句《あげく》の果てに、日に日に出される食事の量は多くなっていく。精神的に追い詰められた実音子は、最終手段へ踏み出してしまった。

出された食事を残さず食べ、そののち指を突っ込んでトイレで戻すという方法へ。

おかげで徐々に体重は減っていった。二、三か月も続ければ、胸や腹、背中まわりの肉

はかなり削《そ》ぎ落ちた。

それなのに、肝心《かんじん》なところは一向に痩せなかった。

（顔……ぷくぷくしたまま）

むくんでいること以上に、ひたすら青ざめて肌質はごわごわ、黒ずんだクマが目立つひどい有様となっていた。

（どうして変わらないの？　もっと痩せなきゃいけない？　やっぱりいくら吐いたところで、食べた時点でダメなのかも）

食事を見ただけで吐き気がこみあげてくるようになった。口の中は常に酸《す》っぱい味がして、鼻腔《びこう》を通る自分の息が腐敗しているみたいで不快だった。

やがて、実音子の異変は周囲にも明らかとなる。保健室に呼び出され、養護教諭から真《しん》摯《し》に諭《さと》された。

『神尾さんのそれは病気の一種です。命にかかわることだから、治療しましょう』と。

学校から連絡を受けた母親は、烈火のごとく怒りくるった。

『お母さんがいけないの⁉　ろくなもの食べさせてないみたいで恥ずかしいったらありゃしない。シンママだからってバカにされたのよ！』

（わたしは、痩せる努力すらできない）

『あんたのそれは遺伝なんだから諦めなさい。どうあがいたって、お父さん似なんだからしょうがないでしょう』

――しょうがない。

太っているのもブスなのも、うまく話せないのも全部、自分がダメな人間だから仕方ないのだ。

吐くのは苦しかった。だからもうやめよう。意味のないことは。

諦めの境地に至ったのが、皮肉にも身体の回復を助けた。

だがその代わり、指をいじって皮を剝《む》く癖《くせ》は以前よりもひどくなった――。

実音子は、店から遠ざかっていく女子高生たちの後ろ姿を見送りながら、親指の爪で人差し指の脇をごしごしと擦る。

最近なぜだか癖を忘れていて綺麗《きれい》になっていたのが、あっという間にめくれて赤くなった。

「……ねこちゃん」

「っ！」

やんわりと声をかけられて、回想の世界から覚める。

「すっかりお待たせしちゃって」

「あっ、いいえ、びっくりしましたね……」

「賑《にぎ》やかでしたね。それより手、どうしたの？」

（やだ、見られた⁉）

悪癖《あくへき》を咎《とが》められた気がして、さっと背中へ回す。

その大げさな態度がますます疑惑を深めてしまった。

「怪我《けが》？」

「いいえ、なんでもありません」

「なんでもないなら見せて」

こういうとき明るくはぐらかしたり、ほかの話題を振って話を逸《そ》らしたりできない性分が憎い。

「見せられません……私の手、汚いので……」

結局正直に告げるしかできない。醜《みにく》いことは自覚していても、声に出して他者へ告げるのは傷口に塩を塗るようで胸が抉《えぐ》られた。

後ろ手をぎゅっと組んで唇を引き結ぶ。

「どこが？」

しかし、瞬のきょとんとした声がぶつけられる。

（え……？）

　顔を上げれば、彼は目をしばたたいている。とぼけているわけではない、心の底から不思議そうにしているのだ。

「あんな素敵なイラストを描ける手が、汚いわけない」

　言い切ると、カウンターを回ってこちらへ出てくる。

　思わず後ずさった実音子を、まっすぐな声が追いかけてきた。

「少なくとも僕は、ねこちゃんの手が好きです」

「……っ」

　そんなふうに言われたら。

　かあっと頰《ほお》が熱くなる。

　きっと社交辞令だ。真に受けたらいけない。

（だけど……）

　彼は嘘をつかない純粋な人だ。

　信じられない。

　けれど、信じたい。

　彼が言うなら……信じられる、きっと。

「だから、見せてください」

大きな羽根が実音子をふわっと包んでくれるようだった。甘い呪縛《じゅばく》に身をゆだね、右手を差し出す。

「うん、どこも汚くない。かわいい手。だけど人差し指のところ、ささくれが剝けちゃった感じですか？」

うなずけばそれで話が終わるはずだったのに、実音子は正直に告げていた。

「自分で剝いたんです。いつも……不安になるとやってしまう癖で」

わたしは面倒くさい人です、とわざわざ紹介するなど自傷行為でしかない。でも、瞬には伝えてもいい。

「なるほど。こういうのって傷口は小さく見えてもけっこう痛いんですよね。お客さんが目の前で帰っちゃってショックだった？」

「いいえ、たしかにそれも悲しかったですが……、フルーツサンドが『太る』と言われたのが引っかかってしまって」

「女の子はそういうの気にしますよね」

瞬は納得してうなずき、腕を組んで考えこんでしまった。

（もしかして、お店自体を非難しているみたいに聞こえた？）

はたと気づき、慌てて首を横に振った。

「でもっ、わたしはそれでも買いますし、もう太ってるので今さらです」

ここのフルーツサンドは実音子に極上《ごくじょう》の幸せをくれた。一度意識したカロリーを今後まったく気にしないのは無理だが、だからといってやめられない。どん底まで苦しんだのに痩せられなかった過去を、繰り返すつもりもない。

「なんて言ったらいいのかな……」

瞬は返答に困ったらしく視線をさまよわせる。

(自虐《じぎゃく》なんて返しに困るよね。否定も肯定もできなくて)

申し訳なさでいっぱいになり、手を引っ込める。だが、伸びてきた大きな手がそれを引き留めた。

「っ」

やんわりと手首を摑《つか》まれて、驚きに視線が上向く。正面から見下ろしてくる瞬のまなざしはどこまでも誠実で、有無を言わせぬ強い光に満ちていた。

「女の子の悩みは繊細《せんさい》だから下手《へた》なこと言っちゃいけないとはわかるんですけど、あくまで僕としては、ねこちゃんはそのままでかわいいと思います」

「え……」

「って、前にも似たようなこと言った気がする。しつこいか」

──『僕、嘘はつかないタイプなので。本当にかわいいです』

甘い声がよみがえる。

（本当に……もう）

お世辞《せじ》だと……その場限りのリップサービスだと流してしまいたかった。

だけど、手遅れだ。

実音子の脳裏《のうり》には、魔法の呪文のごとく瞬の『好き』が甘く刻まれてしまって、知らなかった頃には戻れない。

腹の底に凝《こ》り固まっていた汚泥《おでい》が、ぬかるんで溶け出して──だんだんと流れ去っていく。心は打って変わって湧き水のような清浄さで満たされる。

「手当て、させてくれますか？」

密やかなささやき声に、自然と首肯《しゅこう》する。

一度カウンターの奥へ戻った彼はスツールを持ってきて実音子を座らせた。そして、二階から救急箱を取ってきた。

「手当てなんて言いつつ、応急処置しかできませんけど」

「すみません、お仕事中に」

「全然。大した時間はかかりませんよ」

救急箱を床へ置き、瞬はそのまま屈みこんだ。実音子の手を取り、騎士が主君にするように恭《うやうや》しく掲《かか》げる。

(なんだか恥ずかしい……)

しかし口に出すのはさらに羞恥《しゅうち》がつのるので、黙って耐えた。

「痛かったら言ってください」

霧状の消毒液を噴きかけて、周囲を手際《てぎわ》よくコットンで清める。次に軟膏《なんこう》を自分の指に練《ね》り出して、傷口へふんわりとのせた。

「痛む?」

二度も聞いてくるから、よほど心配をかけているらしい。

「大丈夫です。全然痛くありません。その……手当て、お上手《じょうず》ですね」

「そう? 壱清がしょっちゅうその辺に手やら足やらぶつけるから、慣れてるのかもしれません」

「えっ、パン屋さんが?」

どんと構える静のイメージが強かっただけに意外だ。むしろ歩夢のほうが活発に動き回って怪我をしそうなのに。

「あいつは体格がいいのをあんまり自覚してなくて、僕や歩夢と同じ動きをしようとするんです」

瞬も歩夢も決して小柄ではないのだが、少しの差で様々な支障が出るらしい。二人の後を追ってキッチンへ向かう途中に、カウンターの隅に足をぶつける壱清の姿を思い浮かべたら、可哀《かわい》そうながら心が和《なご》んだ。

「人間も猫みたいにヒゲで測れたら怪我しないで済みますね」

レジ横のにゃんたまへ視線を流せば、紫色の瞳が自慢げにきらりと輝いた。

「あはは、それいいですね。でも僕らが揃ってヒゲ伸ばし始めたら、むさくるしさがいっそう増すかな」

「想像できません……」

言いつつ、『案外ワイルドで似合ったりして？』などと考えてしまう。

どん底時代を思い出して冷えついていた胸は、すっかりあたたかさを取り戻していた。

「慣れてるとは言っても、今日はいつもと勝手が違います」

「そうなんですか？」

「うん。女性の手当てをするなんて初めてだから、緊張してます」

（初めて……！）

特別な響きを持つ言葉に、心臓が大きく撥《は》ねる。

(それに……緊張、してたの?)

意識したら実音子こそが落ち着かなくなり、顔を上げられない。

「絆創膏《ばんそうこう》、ねこちゃん用にかわいいの買っておくんでした」

指に貼るにしては大きめのものが、くるんと巻かれる。ところどころよれたのは、大きさの問題か、はたまた緊張ゆえか。

縦皺《たてじわ》になったよれの部分をならそうと、彼の指が撫《な》でてくる。どこか艶《なま》めかしい感触に、肌がざわざわと粟立《あわだ》った。

不意に瞬の指先が滑り、指のあいだの柔らかな部分に触れてくる。

「……っん!」

背筋に電気が走ったようで、唇から吐息が漏《も》れた。

(今の……なに?)

「──……」

瞬の手も止まり、奇妙な沈黙が落ちる。

頭上へ振ってくる彼の視線がいつもとどこか違う気がしたけれど、確認できない。

そのまま長いような短いような、もどかしい時が刻まれる。……が、突如として背後の

く。

イーゼルを抱えて入ってきたのは歩夢だった。前髪に宿るしずくを拭《ぬぐ》い、目をしばたた
狼狽《ろうばい》するあまり椅子《いす》から転げ落ちるかと思った。

「っ‼」

「おーい、雨降ってきたぞ」

窓が開いた。


「なにこの空気？　どういう状況？」

「ええええああっ」

「怪しぃー」

あからさまな慌てぶりを見せ、変な誤解を呼んでしまう。

けれども、瞬は至って普通に立ち上がり、救急箱を抱えて背を向けた。

「別に怪我の手当てをしてただけだよ」

「ねこちゃん怪我したの？　ごめん、大丈夫？」

からかう空気は即座に霧散し、歩夢は眉《まゆ》を寄せて覗《のぞ》き込んでくる。

「大丈夫です。全然大した怪我じゃないので……」

「ならよかったけど。ん？　なんか今日綺麗《きれい》じゃない？」

「はひっ⁉」

喉《のど》の奥からとんでもなく変な声が出る。

歩夢は興味津々《しんしん》といった瞳で実音子を見つめてきた。とても目を合わせられず、視線をさまよわせる。

「わかった、メイクしてる」

「あっあー、イーゼル取り込んでくださってすみません！　イラストだいぶ薄れちゃってますね」

色気づいているみたいで申し訳ない。いたたまれなくて、わざとらしく話題を逸《そ》らす。

きっと苦しい誤魔化《ごまか》しに気づいているだろうに、歩夢はあっさり乗ってくれた。

「最近ちょいちょい雨降るからなぁ」

「梅雨《つゆ》ですもんね」

「上から線なぞって濃くしとくか」

「もしよければ、また描き直しますよ」

「ホント？　瞬、チョーク！　ってどこいったあいつ？」

いつの間にか彼は忽然《こつぜん》と姿を消していた。

「もー、トイレかよ」

（救急箱戻しに行ったのかも？）

だが、あえて訂正《ていせい》する必要はないかと口をつぐむ。

「看板はまたでいっか。もう時間も遅いしな。ねこちゃんの買い物は済んだ？」

「いえ、まだです」

「なににする？　全種類残ってるみたいじゃん。今日は人少なかったのかな」

「あ……、さっき女子高生の団体が来てたんですけど、一人が『太っちゃう』って言ったらみんな帰ってしまって」

と、歩夢が大げさに両手を広げていきり立つ。

「ファーっ！　それ誤解だから‼」

「誤解……？」

「そう。よくある『フルーツは甘いから太る～！』ってやつ。ぜんっぜん違くて、むしろダイエットにいいくらい。カロリーはケーキとかチョコレートの十分の一くらいだし」

「そうなんですか？」

目をぱちぱちとさせる実音子に、歩夢は人差し指を立てて諭《さと》してくる。

「いい？　甘さとカロリーはまったくの別物。ケーキのカロリーが高いのは、バターとか小麦粉とかの脂質《ししつ》と糖質《とうしつ》が多いせいで、果物の成分は果糖、ブドウ糖、ショ糖。一グラムあたり四キロカロリーくらいしかない。豊富な食物繊維《しょくもつせんい》は便秘に効くし、がん予防にも効果があるっていうエビデンスも出てきてる。糖尿病患者の食事療法にも使われているくらい優秀な食べ物なんだよ」

つらつらと流れるように説明された。圧倒されていると、言い終えた歩夢はにんまりと笑う。

「って、うちのばあちゃんが言ってた。ちなみに、ばあちゃんは今年傘寿《さんじゅ》でバリバリ現役の農場主ね」

「よくわかりました。おばあさんもお元気そうで」

「超元気。というわけで、壱清来たからパン屋の意見も聞こうぜ」

振り返れば、ビニール傘を差した壱清の姿が見えた。大きな身体《からだ》が傘からはみ出てしまい、肩が濡れている。

「っす」

「よーす！　来て早々だけど壱清、次から太らない食パンの入荷希望」

「なんだ？　話が見えないぞ」

「だーかーらー」

かいつまんで伝えれば、壱清は眉をきつく吊り上げる。

「うちの角食《かくしょく》はこだわり抜いた良質の全粒粉《ぜんりゅうふん》を使っている。一般的なものより食物繊維が豊富な上、噛《か》めば噛むほど旨《うま》みが増すため、自然と噛む回数が増えてダイエットにもぴったりと言われている」

　こちらもまた、自慢の逸品なのだった。

「ほー……」

「それでも気になるなら量を減らすしかない。薄切りにしてくればいいか？」

「そこはまー、瞬と相談して」

「瞬はどこだ？」

　そういえばまだ戻ってきていない。

「おかしいな。瞬ー!!　どうした？」

　高い天井に響き渡る大声で歩夢が呼べば、ほどなくして階上から返事がある。

「ごめん、ちょっと考え事してた」

　戻ってきた瞬は少しぼんやりしているように見えた。

「なに思春期みたいな顔してるんだよ」

「してない」

「いーや、いつももっと飄々《ひょうひょう》としてるじゃん。なあ壱清？」

「さあ？」

「お前に訊いた俺がバカでしたよ！」

実際実音子にもよくわからないが、瞬はこれ以上触れてほしくなさそうだった。

「で、瞬。明日から角食を薄切りにしてくればいいのか？」

唐突《とうとつ》に壱清がもとの話題へ戻すので、瞬は首を傾《かし》げた。

「何の話？」

「あーもー、太らないフルーツサンド企画案について話してたんだよ」

唇を尖らせて歩夢が説明をする。

「……というわけで、果物もパンも問題はない。あとはクリームだな」

「クリームか。ねこちゃんなにかいい案ありますか？」

前触れなしに指名されて、びくっと背筋をこわばらせる。

「わたし？」

「うん。よかったらまたお客さんを笑顔にするアドバイスがほしいなって」

――『僕、人の笑顔を見るのが好きなんです』

（その『好き』を、わたしが手伝える……？）

だとしたら、なんて素晴らしいのだろう。

腹の底から、ふつふつとなにかが漲《みなぎ》ってくる。

実音子のダイエットは成功しなかったが、無駄に知識だけはあるのだ。総動員すれば、役に立てるかもしれない。

知っている情報を脳内で羅列《られつ》して組み立て、そして語った。

「クリームは、動物性脂肪と植物性脂肪のものがありますが、植物性のほうがカロリーは低いみたいです。だから植物性を使ってみるとか、いっそクリームをヨーグルトに替えるのも手かもしれません。ヨーグルトはダイエットには欠かせない優秀な発酵《はっこう》食品ですしメジャーですから、ダイエットをしている人ならピンとくると思います。それから、フルーツ自体の甘みで十分なので、砂糖はほとんど入れなくてもいいかもしれません。使うにしてもカロリーゼロに近い甘味料があったはずなので、そういうのを混ぜてみるとか」

つらつらと述べているうち、果物について語る歩夢やパンへの熱意を告げる壱清に匹敵するくらい熱中していた。

(ここにいるみんなは受け入れてくれるから……怖くない)

こんなこと言ったら嫌われるとか、恥ずかしいとか、負の感情は浮かばない。気持ちいいくらい、滑らかに語りつくせた。

「さすが招きねこのアドバイザー」

歩夢の軽口も楽しめる。以前だったら、からかわれたとか、消えたいとか感じただろうに。

「なるほど。植物性のクリームはゆるみやすいから意識して乳脂肪が高いもの使っていたけど、割合を変えるとか改善の余地はありそうですね」

「あとは、使っている果物のカロリーが実は低いことや、こだわったダイエット向きのパンを使用しているとかをお客さんへ伝えるパンフレットなんかあると、手に取ってみてわかりやすいかもですね」

「それ！　すぐに採用しましょう」

瞬が明るく言って両手を合わせる。

「あっあの、もしよかったらなんですけど……、またイラスト描かせてもらってもいいでしょうか？」

右手を小さく上げて、おずおずと提案する。するとありがたいことに、瞬、歩夢、壱清の三人は揃って歓迎してくれた。

「もちろんです、ありがとう」

「こっちが頼みたいくらいだよな」

「期待している」

（……嬉しい。わたし、ここにいていいんだ）

暗くて狭くて湿った長い長いトンネルの向こうに、強い輝きが射してくる。実音子は手を伸ばし、一筋の光を摑《つか》むべく歩み出した。

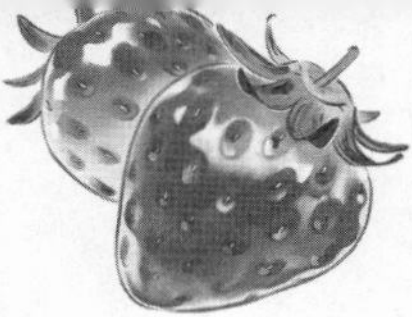

第三章

思い出の桜サンド

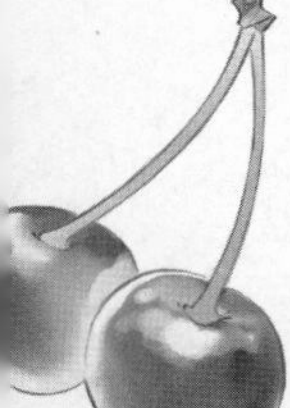

それから——。

実音子《みねこ》は店へ足しげく通った。雨で看板が薄れればその日のメニューに合わせて描き直したり、低カロリーを謳《うた》ったポップを作成してガラスケースに飾ったり、フルーツの豆知識を記したチラシを作ってカウンターに置いたり……細々とした手伝いをさせてもらう。

どうやら店の売り上げにも徐々に効果が出てきたらしい。日に日にフルーツサンドの数を増やしていき、現在は朝二十個ほどを店頭に並べているそうだ。売れ行きがよければ、昼に追加で作ることもあるとか。実音子が店を訪れるのはたいてい夕方以降だったので、だいたい残り二、三個であり、時には売り切れの日もあった。

（やっぱり、お店が知られさえすれば絶対に売れるって信じてた）

今となっては、六個から八個を作って並べても一つも売れなかった頃があったなんて嘘のようだ。

日曜日は必ず、平日も二日は会社帰りに寄り、購入したフルーツサンドを翌日のランチに食べるという習慣がすっかりできあがっていた。

週に三回。常連以外の何者でもない。

照れ臭《くさ》い気持ちはあるものの、行けば必ずなにかしらを手伝わせてもらえるおかげで、遠慮《えんりょ》せず通えるのだった。

（最近のお気に入りは、メロンサンド）

値段は少々張るものの、それを上回る満足感が得られるのでつい手に取ってしまう。

高級感を前面に押し出すために分厚くカットされたメロンの断面は、滑らかな翡翠《ひすい》のごとく美しく、何度見ても胸がときめく。見た目以上に素晴らしいのは、やはり味だ。さすが歩夢《あゆむ》の果樹園一推しの果物だけある。一口かじれば凄《すさ》まじい清涼感がほとばしり、高貴な甘みが鼻腔《びこう》を満たす。嚙《か》めば嚙むほど幸せな甘さが広がり、夏特有の喉《のど》の渇《かわ》きが噓みたいに消え去ってしまう。

栄養価の面でも理想的なバランスを誇る。メロンに含まれるβ《ベータ》カロテンは、強い日差しで疲れた肌を内側から癒《いや》してくれるから、夏にはぴったりだ。その上、豊富な水分とカリウムが体内の余分な塩分を排出するため、ダイエット効果まであるときた。

（いいことずくめ）

職場の閉塞《へいそく》的なデスクの上だって、メロンサンドを頰張《ほおば》れば、たちまちそこは楽園になる。午前中の疲れはリセットされ、午後の面倒くさい作業も頑張れる。疲れたらまた店へ行ってエネルギー源を買えばいい。

『明日お店へ行こう』、『明日フルーツサンドを食べよう』、そう思えばなんだってへっちゃらな気がした。

(明日が来るのが楽しみだなんて……)

絶望しない未来が存在するなんて知らなかった。

職場にいても家にいても、常に不安感が煙のごとくまとわりついていたのに、いつの間にか薄れてきている。

実音子の心が健康を取り戻していくのと季節の進みは連動した。雨の降る日が三日に一度となり、四日に一度となり、そのうち五日間連続で晴れるようになって……梅雨明《つゆあ》けが発表される。

いよいよ暑さの本番がやってきた。

(暑くなったな)

仕事帰り、夕方になってもまだ勢い衰えぬ日差しを避けて、青々と広がる銀杏《いちょう》並木の下を行く。風が吹くたび葉擦れの音がさやさやと鳴り、鮮やかな金色の陽が零《こぼ》れ落ちて実音子の肌をまだらに彩る。

正面からすれ違った女性が、手にポータブルファンを持っていた。羨《うらや》ましくてつい目で追ってしまう。

(冷却グッズとかわたしもほしいな)

考えは、すぐにフルーツサンド屋と結びつく。

（お店でも保冷剤とか保冷バッグがあったらいいかも）

夏場はどうしてもケーキやチョコレートなど、溶けやすいものは売れづらいイメージがある。

（提案してみよう）

その前に自分でも少し調べなければと、スマホ画面を開いて『保冷剤』で検索する。まとめ買いすれば一個当たり数十円で買えそうだった。

（んー、もう一声ほしいな）

一般人が簡単にネットで買えるものは、量も価格も限界がある。業務用が手に入《はい》れば、もっと安くたくさん仕入れられるのではないか。

（問屋さん経由で買えば……？　パン屋さんに紹介してもらえないかな）

そうこうしているあいだに、店の前まで到着していた。

「こんにちは」

「いらっしゃい」

「おー、ねこちゃん」

奥から、瞬《しゅん》と歩夢二人の声が重なって聞こえた。二人はキッチンに並んで作業をしているようだ。

「ちょっと待っててもらえません？　こっちもうすぐ終わるので」

「はい大丈夫です」

言って、そうだと手を打つ。

「わたしは先に看板を描き直しますね」

実音子が好きなときに描けるよう、今ではレジカウンターの前にチョークを常備してくれている。それを手に外へ引き返そうとしたところ、大慌てで瞬が飛び出してくる。

「待って」

（あれ、手が放せなかったんじゃ……）

「外は暑いから中で描いてください」

「わかりました。そしたら持ってきます」

「僕が取ってくるから。ねこちゃんは中にいて」

焦ったふうに言い捨て、腰につけたエプロンで手を拭きながら外へ出ていった。

（どうしたんだろう）

ぽかんとしていれば、背後で歩夢がけらけらと笑う。

「ねこ姫さまの手を傷つけるわけにはいきませんって」

「はい⁉」

「いや〜昨日さ、壱清《いっせい》が看板しまったときに窓枠《まどわく》にぶつけて、脚にちょいヒビが入っちゃったんだよね。補強はしてあるけど、割れたところとか手に刺さったら危ないでしょ？」

どうやら、実音子が怪我《けが》をしたらいけないので、代わりに取りに行ってくれたらしい。

（そんな……困る）

胸がきゅっと締まって、思わず服の上から心臓の辺りを摑《つか》んだ。

もっとぞんざいに扱ってほしい。でないと、自分が価値のある人間だと勘違いしてしまいそうで。

（この前もそう）

ささくれで汚い実音子の手を『かわいい』と言ってくれた。それどころか……『好き』だとまで。

（っ！　好きってそっちの好きじゃないけど、こんな手を好きだって言ってくれたのは本当で……）

人から好意を寄せてもらえた例《ため》しなどないから、どうにも冷静に受け止められず、頰が熱を持った。折り悪く、ちょうど戻ってきた瞬と真正面から視線がかち合う。

「顔、真っ赤」

「!!」

「外暑かったでしょう？　冷たいもの用意しますね」

一瞬焦ったが、どうやら浅ましい心の内を読まれたわけではないようで、ほっとする。

瞬はガラスケースと壁の隙間《すきま》からキッチンへ戻り、手招きした。

「入って」

（え？　中に？）

びっくりして、首をぶんぶん横に振る。

「ここで描けます」

「窓際より中のほうがクーラーの効きがいいんです。はいこれ履《は》き替えて」

有無を言わせず、黒猫のワンポイント刺繍《ししゅう》の入ったスリッパを差し出される。

（かわいい）

今ここにいない壱清がキッチンへ入るとき履いているものだろうか。ちょっと心が和《なご》む。

そうこうしているあいだに、瞬はイーゼルを持って奥へ行ってしまった。取り返すにしろ中へ入らざるを得ない。観念して、実音子は靴《くつ》を脱いだ。

「お邪魔します」

キッチンはカウンターとガラスケースで仕切られているとはいえ、店側からも見えている。なのに実際こうして踏み込んでみると、また違って見えた。

（新鮮……）

壁はすべて無垢雪《むくゆき》のごとき白で統一されている。すぐ左手には二階へ続く螺旋《らせん》階段、右手には玄関口と繋《つな》がる曇りガラスの引き戸がある。正面のキッチンは新築のごとく美しい白いアイランド型で、スツールが三つ向かい合う形に並んでいる。

「ここで待っていてください」

瞬はスツールを一個引いて実音子へ勧め、さらに片隅へ追いやられていたアンティーク調の丸テーブルを運んでくる。

（え、なんかこれ、ヨーロッパのお城とかにあるやつみたい）

表面は涼やかな色をした大理石、脚は燻《いぶ》した細い鉄製で、床に触れる部分がおしゃれにくるんと反り返っている。

「どうぞ」

「でも、わたし絵を描くつもりで……」

これでは休憩しに中へ入ってきたみたいだ。

「もちろん描いてもらうけど、ひとまず座ってください。ね？」

なんとなく流されてテーブルにつけば、瞬は手を洗ってから冷蔵庫を開けた。

「おーい、こっちはどうすんの？」

一向に作業に戻らない瞬へ、歩夢が呆《あき》れた声をかける。だが、瞬は気にしない。

「任せた」

「もー。勝手にやっちゃうよ」

スツールに浅く腰かけていた実音子は、再び立ち上がった。

「すみません、手を止めさせてしまって。なにかわたしに手伝えることがあれば……」

「いいの、いいの。クリームを試作してたんですが、あとは泡立《あわだ》てるだけなので。それより、これを」

スクエア型のガラス皿に盛られたスイカが差し出される。

「わ……」

自然と感嘆《かんたん》の声が漏《も》れた。

一口サイズにカットされたそれは、珊瑚《さんご》のように赤く琥珀《こはく》よりも滑らかで、まるで宝石だった。

「まずは食べて身体《からだ》を冷やしてください」

見惚《みと》れていたのが、はっと我に返る。物欲しげな顔をして恥ずかしい。

「ありがたいですが、お気づかいは結構です」

「スイカ嫌いだった？」

瞬は捨てられた子犬みたいにしょぼんと眉《まゆ》を下げる。慌てて両手を強く振った。

「嫌いなわけありませんっ」

「じゃあどうぞ。ちなみに、型崩れで売れない商品なので、特別価格ゼロ円です」

茶目っけたっぷりに右目をつむる。実音子に遠慮《えんりょ》させないための軽口だ。さらにはキッチンの向こうから歩夢まで親指を立てて合図してくるから、なおいっそう断れなくなった。

（いただこう）

これ以上固辞するのはかえって感じが悪いだろう。フォークを受け取り、両手を合わせた。

「いただきます」

「うん。僕も一緒に食べよ」

（え！）

長い指が伸びてきて直にスイカを摘《つま》む。瞬はそのまま口を開けて、ぱくりと食べた。子供じみた仕草ながら、美形がやると様になる。

「甘さ、ちょうどいい」

「あーずるい！　俺も」

「はいはい」

もう一つ摘むと、今度はキッチンの向こうで雛鳥《ひなどり》のごとく待つ歩夢の口へも放り込む。

（かわいい）

二人のじゃれ合いをほほえましく眺めていれば、スツールに座り直した瞬が、実音子にまでスイカを一かけら差し向けてくる。

「ねこちゃんもいる？」

「っ、自分でいただきます！」

慌てて果実をフォークに刺してかじりつく。

すると……、清涼な湧き水にほんのりと甘みが溶け込んだような清々しい味わいが広がった。

（おいしい！）

「スイカに含まれるリコピンは、日焼けを抑える効果があるらしいですよ」

「言われてみると、肌の内側から冷えていく気がします」

火照《ほて》った頬《ほお》へ手を当てると、さっきよりもずいぶんひんやりとしていた。

「熱中症予防にもっと食べて」

キンキンに冷えたスイカは飲み物のようにするすると食べられてしまう。二人ときどき三人で食べるとあっという間に減っていき、最後の一個が残された。

「これはねこちゃんの分」

「いえ、わたしはもう十分です」

「遠慮するなら口に入れちゃいますよ？」

「そっそれは……」

困る。

せっかく冷えていた頬がまた内側から発火して、薄桃色に染まってしまう。

「ほら、まだ熱さが抜けきっていないみたいですし」

「わかりました。いただきます」

結局、言い負けて最後の一口は実音子のものとなる。

（ん……甘い）

食べればやはり冷たくておいしくて、口もとが緩《ゆる》んだ。ふと気づくと、瞬が頬杖をついて上目づかいにこちらを見つめている。

「素敵な笑顔ですね」

「っ！」

彼は人の笑顔を見るのが好きだという。

（わたしなんかの笑顔でも、見たいって思ってくれるの？　それってなんだか……）

せっかく鎮静しかけた肌がまたもや熱を持つ。

(このドキドキはなんだろう。嬉しいはずなのに、ちょっと苦しいような)

心臓の高鳴りがいつもと違う気がしてならない。

(緊張かな……？　味がしなくなっちゃった)

まっすぐ注がれる視線が気になって、この場にいるのがいたたまれなくて――、スイカをほとんど嚙《か》まずに飲み込んだ。

「ごちそうさまでした」

照れ隠しにガラス皿を持ち上げる。キッチンへ運ぼうと思ったのだが、手前からひょいと奪われた。

「片づけは僕の仕事。ねこちゃんはイラストをお願いしてもいいですか？」

「それはもちろんです。誠心誠意、頑張《がんば》らせていただきます！」

勢い込んで拳を握れば、瞬も歩夢も朗らかに笑ってくれた。

「気負わなくても、ねこちゃんの描く絵は絶対にかわいいですよ」

(も、もう……この人は簡単にそういうこと言うんだから……)

視線を泳がせながら、黒板アートのほうへ気持ちを切り替える。

スツールを下り、床に置かれたイーゼルの前へ屈みこむ。

「そういえばクリーム試作中って、なにか新しいメニューの予定があるんですか？　もしよければ、それを描きます」

「ふ・ふ・ふ、よくぞ聞いてくれました！」

ボウルと泡立《あわだ》て器を抱え、歩夢がキッチンから出てきた。

「じゃじゃーん、新クリーム爆誕！」

瞬はひょいとのぞき込み、歓声を上げる。

「いい堅さに仕上がったね」

「だろ⁉　俺天才」

実音子も気になり、首を伸ばす。

「どんなクリームなんですか？」

「これまで使っていた乳脂肪のクリームを減らして植物性の配合を極限まで高めたギリギリ絶妙ふんわり感。そして砂糖の代わりにカロリーゼロの甘味料を投入した……超！　乙女《おとめ》のための新クリームだよ！」

世紀の大発明とばかり胸を張るので、実音子はつられて拍手を送った。

「すごいですね」

「でしょ⁉　もっと褒《ほ》めていいよ」

「素敵です。食べてみたいです」

「俺も早く食べさせたい。今日、初物のピオーネが入ったから合わせたいな。ちなみに、ピオーネもメロンに次ぐうちの主力商品だから」

ピオーネは巨峰《きょほう》を品種改良して作られた、紫色の大粒ブドウだ。果肉がたっぷり詰まっていて歯応えがあり、爽《さわ》やかな香りと強い甘みのあるところが愛されている。

「ブドウ、そういえばわたし、前にこんなのいいなってメモしておいたんです」

実音子はカバンからメモを取り出し、ブドウのフルーツサンドの断面図案を見せる。

中央に一粒置いて、それを丸く囲む形でブドウを配置すると、紫色の花ができあがる。花の下には細切りのキウイやメロンを配置すれば茎《くき》と葉にも見えて見栄えがいい。

「フラワーサンドです。猫サンドにはかないませんけど、かわいいんじゃないかと思って」

「いいじゃん！　女の子にウケそう。瞬、交代。早速作ってみて」

ボウルを押しつけられた瞬は、笑顔でうなずく。

「やる気が湧いてきました」

「えー今までなんだったの？　ひどくない？」

大げさに呆《あき》れた声を上げる歩夢。実音子も悪いと思いながら笑ってしまった。

入れ替わりで瞬がキッチンに立ち、歩夢はスツールを移動して実音子の横に腰掛けてきた。両手を組んで伸びをしながら言う。

「手が凝《こ》ったー」

「お疲れさまです」

「絵描くの見てていい？」

「はい……でも、緊張するので、あまりじっくりは見ないでくださいね」

「はーい」

よい子のお返事とは裏腹、興味津々《しんしん》な視線がたっぷりと注がれてくる。

なるべく顔を上げず、板面に集中して凌《しの》いだ。

「そういえば今さらだけど、ねこちゃんはどこに住んでるの？」

存在を意識しないように頑張っているのに、歩夢はかまわず話しかけてくる。

失礼だとは思いながら、照れ隠しで下を向いたまま答えた。

「自転車で……二十分くらいのところです」

「二十分⁉　結構離れてない？　この暑さじゃヤバいでしょ」

「今日は電車なので大丈夫です」

「えー、隣の駅とかそんなとこ？　っていうか、年齢いくつ？」

非社交的な実音子はたいてい、誰と話していても会話が盛り上がらずに相手が質問を諦めてしまうのだが、歩夢は違ってぐいぐいくる。

「……二十五、です」

「あー残念！　俺たち二十八。三つ違いだと中学とか高校とか、かぶんないんだよね」

（三個上なんだ……）

もし実音子があと一歳上だったら、彼らがあと一歳下だったら……どこかで学校がかぶり、先輩、後輩として出会っていたかもしれない――。そう思うと、惜しい気がしてくる。

（いやいや、たとえ会っていたとしても、住む世界が違うでしょうが）

学生時代は今以上に病んでいた実音子が、きらびやかなイケメン三人組と知り合えるわけがない。

勝手に肩を落とし、冷静になって尋ねる。

「みなさんはいつからのお友達なんですか？」

「小学のときから、ずーっと腐れ縁だよな？」

キッチンの向こうへ歩夢が投げかければ、瞬も会話に加わる。

「僕はもう少し山寄りのほうに住んでいたんですが、歩夢と壱清は家が隣同士で」

「高校までな。俺だけばあちゃん家に引っ越しちゃったから今は近所じゃなくなって、仲間外れだ、わーん」

「……ほぼ毎日ここに来てる人は誰だっけ？」

「仕事で首都圏回って配達してるついでです！」

ぽんぽんと行き交う軽口が心地いい。耳を傾けながらも実音子の筆は進む。

「そういえば瞬がこの家に住み始めたのっていつだっけか？」

「高校卒業と同時くらいだから……十年前かな。ああ、もう十年も経つんだ、母さんが海外へ行って」

そんな頃から一人暮らしなのかと、驚いて顔を上げた。

「前に、宝くじが当たったと話してらしたお母さままですよね？」

瞬はまな板へ視線を落とし、手を動かしながら語る。

「そう。宝くじが当たったのはもっと昔で、それこそ二十年くらい前かな。ここら一帯に稲荷《いなり》神社があったんです。区画整理で今はもう跡形もないんですが」

（稲荷神社って、わたしが遊んでいた場所だ）

実音子は手を止める。瞬はどこか遠い場所を見つめるまなざしをしていた。

「母は信心深いというか、子供の目から見てもちょっと変わり者で、毎日神社へ通って神さまにお供えをし続けていたんだそうです。そのご利益だったのか、たまたま買った宝くじの一等が当たって」

「それは霊験《れいげん》あらたかというか、すごいですね……」

「でしょう？　でも一番すごいのは、供えていたのが家の庭でとれたビワとかイチジクとかの果物だったんですよ。普通、稲荷神社っていったらお狐様に油揚げを、みたいなイメージあるじゃないですか」

瞬のどこか浮世離れした雰囲気《ふんいき》や、採算を考えずとりあえずフルーツサンド屋を開いてしまうといった突飛《とっぴ》ともいえる行動の原点を、語られる母親像の中に垣間見《かいまみ》る。

「でも、結果的に最高のご利益があったわけですもんね。きっとその神さまは、本当は油揚げよりも果物のほうが好きだったんですよ。お母さまだけが好物を供えてくれて、嬉しかったに違いありません」

「そうなのかな……？　そうなのかも」

何気なく語ってしまったのだが、瞬は実音子の発言を気に入ったらしい。褒められて嬉しいとばかり、口もとを緩《ゆる》めた。

調子に乗って実音子は続ける。

「実はわたしも、その神社に来たことがあるんです。お店の向かいにある桜の木って、昔から神社にあった木ですよよね？」

「えっ」

がたんと大きな音がする。どうやら瞬が手を滑らせてなにかを落としたらしかった。

「ちょっと大丈夫～？　あーあ、サンドイッチ潰れちゃってんじゃん」

立ち上がってキッチンを覗《のぞ》き込んだ歩夢が、両手を広げてため息をつく。しかし、瞬は手もとには構わず、実音子をまっすぐ見つめてきた。

「本当？　神社がなくなったのって二十年も前なんだけど」

(なにか変だったかな？)

切羽《せっぱ》詰《つ》まった尋ね方に疑問を抱きつつ、ちゃんと伝わるよう丁寧《ていねい》に答える。

「本当です。小さい頃でしたが、よく覚えています。五歳の春、この近くにあった祖母の家でしばらく暮らしていたんです。そのとき毎日遊びにきていたので、綿菓子みたいにふわふわで大きな桜の木のことは絶対に忘れません。わたしにとっては大切なお友達みたいな存在だったんです」

「お友達――」

虚を衝《つ》かれたようなつぶやきが漏《も》れる。

植物を人間扱いするなんて、おかしかっただろうか。取り繕《つくろ》って早口になる。

「なんていうか、ちょうど弟が生まれたばかりで環境の変化もあって、子供ながら感傷的な気分だった頃なんです。でも、あの桜と一緒にいると全然寂しくなくて……大好きでした」

「大、好き……？」

「はい！　このお店を見つけたのも、実は久しぶりに会いたくなって来てみたからなんです。そうしたら素敵なお店と出会えて、本当にラッキーだったなって。全部桜のおかげですね」

一気に話したものだから、息が切れる。

そんな実音子を見て……瞬はまなじりをとろんと下げた。

「っ」

不意打ちに息をのむ。そんな表情、見たことがなかった。一年に一度、七夕《たなばた》の日に愛《いと》しい恋人と再会した彦星《ひこぼし》の笑顔は、もしかしたらこんなふうに甘いのかもしれない。

「そっか。ずっと昔からねこちゃんとは縁があったんですね」

(あ、あれ？　桜の話をしていたはずなんだけど……)

しかし、美貌《びぼう》に圧倒されて胸が高鳴ってしまい、会話が続けられない。

視線が熱い。

見つめ返していると吸い込まれそうで……でも、逸《そ》らせない。

瞬」
「出た、不思議ちゃん発言。おふくろさんを変わり者呼ばわりするけど、お前も大概《たいがい》だよ、
が、盛大なため息がそれを破った。
陶酔《とうすい》めいた空気が二人を包む。

横で歩夢が肩をすくめている。彼は『あーあ』とわざとらしいため息をつき、今度は実音子の方へ向き直る。

「こいつ小さい頃からこんなでね。聞く？」

「あ、はい、ぜひ……」

「小一のときだっけ？　マジな顔して『僕のお父さんは桜の精です』なんて冗談言ったんだよ。俺、純粋だからびっくりして、『なんで？』『すげー』『どうなってんの？』とか根掘り葉掘り聞きまくってたら、壱清から『空気読め』ってぶん殴《なぐ》られたんだよね」

「ええと……？」

反応に困っていれば、助け舟を出してくれる。雰囲気はすっかり元へ戻っていた。

「うちはシングルマザーだから、いろんな人に気をつかわせていたみたいです」

「あ……わたしの家も同じく母だけなので、なんとなくわかります。お父さんは人間でしたけど」

ジョークを言ったつもりはなかったのだが、歩夢がぷっと噴き出した。瞬も和《なご》やかに頬《ほお》を緩めている。

話は一段落したようだ。自然と各々《おのおの》が作業へ戻る。

実音子はブドウの粒を赤と青のチョークでぐるぐると塗りながら考えた。

（お父さんが桜の精……か）

彼をまったく知らない人には突拍子もないメルヘンだと聞こえるだろう。しかし。

（案外、あり得そう⁉）

瞬のまとう神秘的な空気がそう思わせる。

途中、店へ客が来たので瞬は対応に出て、代わりに歩夢がキッチンへ入る。実音子はそのあいだにブドウのフラワーサンドのイラストを描き上げた。

「すみません、もう七時回ってました。ねこちゃん帰らないと」

レジを終えた瞬が焦った声で告げてくる。

「集中してて気づきませんでした。メロンサンドまだ残っていますか？」

「ありますよ。おまけにジャムサンドも持っていって」

彼は無料でもう一個つけてくれようとする。

「だめです。そしたら二つとも買います。でないと、申し訳なくて次から来にくくなっちゃいますから」

二つはセット五十円引きで売っている商品なのだ。厚意に甘えすぎるのは危険。店員と客との境界を見誤れば、大きな失敗をしでかしかねない。

居心地のいいこの場所を失いたくないから、そこは譲《ゆず》れない一線だった。

優しい瞬は、納得しかねる様子だったが、実音子はカウンターの外へ出て客としてレジを挟んで向き合う。

「試作品とかそういうのではないので、絶対に正規の価格をお支払いさせてください」

「うう……わかりました」

「それと、スイカごちそうさまでした」

「こちらこそ看板ありがとう」

「次はフラワーサンドを楽しみにしてます」

「うん。今日お披露目できなくて残念」

商品の紙袋を受け取ったところで、伝えていない大切なことを思い出す。

「そういえば、暑くなってきたので保冷剤のサービスがあったらいいなって思ったんです。もし業務用が手に入るのならばだいぶ費用を抑えられると思うんです。十円程度で提供できれば、欲しがるお客さんもいるんじゃないかと」

「たしかに」

「保冷剤なら束でうちにあるよ。持ってくる」

手を拭きながら歩夢が出てくる。そして、ちらっと外を見て言った。

「だいぶ暗いじゃん。ねこちゃん送ってくよ」

「ええっ！　け、結構です」

とんでもない提案に、半ば恐慌状態でお断りする。けれども歩夢は気にしない。

「いいって。家、隣の駅の辺なんでしょ？　車なら五分もしない」

たとえ五分であってもとんでもない。男性に車で家まで送ってもらうなど、どこの異世界の話かという感じだ。

「本当に大丈夫ですっ」

「ひょっとして軽トラが嫌？　田舎《いなか》くさくて恥ずかしいよね」

「そんなつもりは……！」

遠慮《えんりょ》が過ぎて相手を傷つけてしまったかもしれない。慌てて弁解する。

そこへ瞬も加わり、友人の肩を持った。

「夜道は危ないから送ってもらったほうがいい。ほら、看板描いてもらったお礼ということでどうですか？」

二対一。怯《ひる》んでしまった実音子に勝ち目はなかった。

「俺、ちょうどコンビニ行くとこだったし、ついでだよ。さ、行こう」

ポケットから鍵《かぎ》を取り出し、人差し指でくるくると回しながら窓を開ける。

「エアコンかけてくるから、一分後に来て」

「すみません……お世話になります」

気が早い歩夢はさっさと出入り口の窓を閉めてしまったので、実音子は振り返り、改めて瞬へ礼を述べる。

「今日もありがとうございました。また来ます」

ぺこりと頭を下げてから踵《きびす》を返し、窓へ手をかける。刹那《せつな》――、

「待って」

伸びてきた瞬の腕が、背後から窓を押さえた。実音子はガラスと瞬のあいだに挟まり、身動きが取れなくなる。

（え？　え⁉　近い！）

半分振り向いたら、すぐそばに美麗《びれい》な顔があって、慌てて正面を向き直った。暗闇に軽トラックのバックライトがまぶしく光っていて、赤らんだガラスには瞬の切羽詰まった表情が映っている。

「わ、忘れ物しましたっけ……?」

「いや、そうじゃなくて――」

言いにくげな間を置いて、かすれ声で告げてくる。

「やっぱり僕が送る」

「どうして」

「どうしてだろう? 歩夢に任せたくない?」

(疑問形で言われましても!)

こちらこそ混乱で目が回ってしまって、わけがわからない。

ようやく拘束《こうそく》の腕が離れたと思ったら、彼は窓を開けて軽トラックの運転席へ向かう。

「代わって」

「は? なんで?」

「コンビニでなに買ってくればいいの? スルメ?」

「なんでだよっ、たく……」

癖毛《くせげ》をぼりぼり搔《か》きながら歩夢が降りる。瞬は先ほどと打って変わり、作り物めいた爽《さわ》やかな笑顔で振り向いた。

「ねこちゃん、乗って」

ご丁寧《ていねい》にも助手席へ回って、ドアを開けてくれるサービス付きだ。

無理やり降ろされた歩夢が気になって横目で窺《うかが》うと、彼はやれやれとばかり腰に手を当てていた。特に反論してこないので、了承はしたのだろう。

「お邪魔しまーす……」

「どうぞどうぞ」

「軽トラック運転できるんですね」

「一応ね。とりあえず隣の駅目指せばいい？」

「はい。駅からすぐなので、そこまでで大丈夫です」

「とは言っても、駅の北口側とか南口側とかあるでしょ？　どの辺です？」

「ええと、北口側です……けど、本当にすぐ近くで」

「オッケーです。北口——オレンジ公園の辺りで停めたらいいかな」

「まさにその辺です」

なんだかんだと、自宅の目の前まで送ってもらう雰囲気《ふんいき》になっていた。

「じゃあ行くよ」

「お願いします……」

普段車に乗る機会が少ない上、軽トラックには初めて乗ったため、シートベルトを引っ張りながらあたふたしてしまう。

「それはここ」

身を乗り出してきた瞬の手が右手に重なる。

「っ」

ただベルトを留めてくれただけなのに、意識してしまうなんて恥ずかしい。

(それに……どうして急に交代なんて)

よほど歩夢の運転が乱暴だとか。

そんな想像をしつつ、心の底では期待めいた浅ましい願望が浮かんでは消える。

(なにか特別な意味があったり……?)

車は静かに動き出す。

「さっきの話ですが」

「はいっ」

運転席から話しかけられて、思考が中断する。当たり前だが瞬は真面目《まじめ》な視線をまっすぐ外へ向けていた。

「区画整理で稲荷神社がなくなるって決まったとき、うちの母、桜の木だけでも残してほしいって署名活動をしたんですよ」

話題が唐突《とうとつ》な気がするが……実音子の心がやましさ満載だからそう聞こえるだけかもしれない。

平常心を装《よそお》ってうなずけば、瞬は瞬でとりとめもなく語り続ける。

「境内《けいだい》に桜は一本だけだったんですけど、立派な木だったから、毎年花の時期になるとわざわざ遠方から見に来る人も多くてね。街路樹の中に紛《まぎ》れ込ませる形になりましたが、残せてよかったです」

「そうなんですか」

「神社がなくなってからも毎年綺麗な花を咲かせていたんですよ。けど、十年前からまったく咲いてなくて。古い木とはいえ、まだ寿命《じゅみょう》ではないはずなんですが」

「そうなんですね……」

コミュ障の自分が憎い。似通った相づちしか打てなくて、話はそこで打ち切りとなってしまった。

二人きりの車内に静寂が満ちる。

「ラジオでもかけようか」

沈黙を嫌ってか瞬がカーナビを操作した。スピーカーからは夜にふさわしい密やかなラブソングが流れ出す。

窓の外にはリンゴに似た赤い月が浮かんでいた。月の周りには銀粉をまいたように星が散らばっている。

顔は正面を向いたまま、ちらりと右隣を窺った。暗い車内で、時折差し込む対向車のライトに横顔がぴかりと映し出される。前髪は艶《つや》めき、正面を見据える瞳は涼やかで、長いまつげが綺麗な影を落としている。

(……なんだろう)

淡い息苦しさを覚えて、胸を押さえる。さっきも似たような感覚がした。

心臓は普段よりも強く、速く脈打っている。

(変だ、わたし……)

痛いとは違う。だけれど、限りなく似ている疼《うず》き。心臓が内側から絞《しぼ》られる心地がして、うまく息が吸えない。

(これがなにか、わからない……けど)

あえて言葉にすれば——家がもっと遠い場所であったらよかったのに。

季節はさらに進み、朝晩の涼しさにほっとする。

日中を賑《にぎ》やかに彩っていた蟬《せみ》の声はすっかり途絶え、澄んだ空色が秋を感じさせた。かと思えば、毎週のごとく台風ニュースを耳にする。日暮れとともに急な雷雨に見舞われる日が多くなり、そんな日はさすがの実音子も店へ通えない。まっすぐ家へ帰るしかなかった。

「今日電車止まるって」

朝から強い雨が降っていたその日、職場では同僚の弾んだ声が響いていた。

「電車が計画運休になる前に上がっていいって通達出るらしい。もうパソコン落としちゃおうよ。明日も休みになるといいな」

正規職員の彼女は嬉しそうだが、非正規の実音子は早く帰ればその分時給がもらえなくなるのだった。ただでさえ最低賃金なのに休暇だけが増えるのも困る。

（お店にも行けないし）

このところタイミングが悪く、二週間ほど行けていない。早く天候が安定してほしかった。

とはいえ、職場のほとんどが歓迎するこの状況へ声高に反対意見を述べる必要はない。愛想笑いで同調をしておいた。

結局、一時間もしないうちに同僚の言葉通り帰宅指示が出た。実音子はいつもより三時間も早く家へ帰ることとなる。

「神尾《かみお》さんも駅までだよね？　一緒に帰ろう」

「はい」

数人で固まって外へ出ると昼間なのに真っ暗で、滝のような雨が落ちてきている。

「やだね、駅まで歩くのも一苦労だよ」

「タクシー来ないかな」

「無理無理」

数人の同僚たちは豪雨の中でもおしゃべりを続けている。実音子はつかず離れずの距離で最後尾を歩いていた。一歩進むたび、ぬかるみが盛大に撥《は》ねて靴《くつ》をまだらに染める。

瞬間、閃光《せんこう》が走り、辺りが昼間のごとく照らされた。

縦一文字《たていちもんじ》に宙を切り裂く光の槍が生まれた——同時、耳をふさぎたくなる轟音《ごうおん》が響く。

「きゃーっ」

女性職員の悲鳴が重なった。実音子はさすがにかわいらしい叫びは上げなかったが、足がすくむ。悪寒《おかん》が背筋を這《は》い上がり、心臓がどくどくとうねった。

怖いというより、ひどく嫌な感じがする。

「今の絶対落ちたよね」

「すごく近かった」

「早く帰ろう」

全員が身体《からだ》を縮めて早足になった。

実音子もぎこちなく足を動かして、なんとかついていく。

（お店のほうは大丈夫かな？）

自宅の心配よりも先に店の安否を考える。なにやら妙な胸騒ぎがした。


大雨は夜半には止んだ。

しかし、翌日は朝から冷たい突風が吹き荒れていた。灰色が混じった蒼い空には千切《ちぎ》れ雲が広がり、大気にかき回されて目まぐるしく形を変えている。

（今日はどんな大雨が降っても店へ行こう）

強い決意と共に出勤し、昨日途中で切り上げた事務処理をてきぱきと片づけていく。

「頑張るね」

声をかけてきたのは上司だった。基本的に叱責《しっせき》以外で呼び止められたことがなかったので、実音子は肩をはねあげて振り返る。

三十代後半の男性上司は、炭酸飲料をジャケットみたいに肩へかつぎ、意味ありげに口角を上げた。

「ひょっとして年末の査定とか気にしている？　寸志だけど派遣さんにもボーナス出るもんね」

厳密にいえば、派遣と会計年度任用の職員は別物だ。とはいえ、正規職員から見ればどちらも非正規であるのには変わらないのだろう。下手《へた》な突っ込みをせず、正直なところを答えておく。

「いいえ、特に意識していませんでした。昨日早く帰ってしまった分を終わらせたかっただけです」

「へえ。『すみません』って言われるかと思った」

（う……嫌み？）

しかしながら、彼はペットボトルを実音子のデスクへ置いてくる。

「飲んで一息入れて。今日市内の小学校が臨時休校で休みの人が多いから、助かるよ」

「……ありがとうございます」

正直、上司のことは苦手だった。彼は現在の窓口業務の主任を務める前年、青少年課で海外交流事業に精を出していたというのが誇りで、とにかく声が大きく自信満々に意見を述べてくる。威圧感のある声を聞くだけで動悸《どうき》がするので、実音子はなるべく目を合わさず、関わらないよう心掛けてきた。

(でも……、悪い人じゃないんだろうな)

極端に避けていた自分のほうが感じ悪かったに違いない。だからといって今後積極的に仲よくなりたいわけではないが、身の振り方をもう少し気をつけなければと思い直した。

——精力的に取り組んだ成果が出たのか、なんとか遅れを取り戻せ、予定通り帰宅の途につく。

駅を出て、いそいそと店へ駆けつける途中、見慣れた光景に異変を感じた。

「えっ、嘘……」

前方右手、天高く手を上げるように広がっていた桜の古木が——頂点から真っ二つに裂けてVの字型に広がっている。

「やだ、嘘でしょ、嘘!」

駆け寄り、太い幹へ手を添えた。乾いた木の皮から、かすかに焦げた臭《にお》いがする。

(なにがあったの?　雷……⁉)

昨日の凄《すさ》まじい落雷を思い出し、身がすくむ。

(あれが落ちたの?　てっぺんに?　そんな……)

テレビかなにかで、落雷によって燃え盛る高い木を見たことがある。

(熱かったよね……、よく無事で……)

無残にも大電流にこじ開けられた内側を覗《のぞ》き込む。そこは、淡雪が降りかかったような色をしていた。木目は繊細《せんさい》で、白薔薇《しろばら》の花びらを幾重にも重ねたふうな模様を描いている。胸が抉《えぐ》られるほど悲しい光景なのに、凄絶《せいぜつ》な美しさがほとばしっていた。

「さわると危ないよ」

不意に背後から声をかけられた。振り向けば、犬を連れた年配の女性だった。

「昨日雷が落ちたんだって」

「やっぱりそうだったんですね」

「でも、火事にならなくて幸いだったよね。この木は身を挺《てい》して周辺を守ってくれたんだよ」

(桜が……守ってくれた)

周辺を、目の前の家を、瞬を。

はっとして背後を振り返る。

いつも実音子を歓迎してくれるメゾネットは、暗く沈黙していた。出入り口の窓にはブラインドが下りていて、もちろん看板も出ていない。

心臓が、嫌な感じにどくりと撥ねた。

（……休み、なのかな？）

しかし、これまで実音子がいつ来ても休みだった例《ため》しがない店だ。自宅兼店舗《てんぽ》のためか、瞬は休日を定めておらず、友人たちと楽しく趣味を兼ねて毎日開けていた。

（なにか……あったんじゃ）

悪い予感がして、血の気が引いていく。

（ううん、ただ出かけているだけかもしれない）

何事も落雷騒ぎに結びつけて考えるのはよくない。思い直すものの……胸騒ぎは収まらない。

ふらふらと建物へ近づいていき、耳を澄ませてみる。わかってはいたが、外側から中の様子など知れるはずがなかった。

（連絡先なんて知らないし……）

そもそも交換していたとして、『今日は休みですか？』など気軽に尋ねられるものではない。

店の出入り口になっている掃《は》き出し窓とは別に、右側には玄関ドアがある。そこにはチャイムがついているが、親しい友人でもなし、客の立場でそれを押していいとは思えなかった。

（……また来よう）

明日は土曜日だ。いつもの時間に来てみたら、普通に開いているに違いない。

後ろ髪を引かれつつ、実音子はその場を後にしたのだった。

『臨時休業　フルーツサンド　招きねこ』

翌日、店を再度訪れた実音子が見たのは、なんとも弱々しくかすれた文字でしたためられたお知らせの張り紙だった。

書き手の具合が悪いのだと一目で察せられる。たまらなくなって、玄関へ回った。チャイムへ手を伸ばしかけて……やはり思いとどまる。

（押していいの？）

体調を崩しているのならなおさらだ。おそらく、瞬は二階で寝ているのだろう。それをわざわざチャイムで起こして応対させるのか。

（でも……もしも具合が悪化して倒れていたりしたら）

踏み込めず、かといって後に引けず、その場で右往左往《うおうさおう》する。

どれだけそうしていたか——足音が近づいてきて、背後に大柄な人がぬっと立った。

（あ、パン屋さん！）

壱清だった。両手にスーパーの袋を提げている。

「猫田《ねこた》さん」

「⁉」

「違ったか？　猫《ねこ》……山《やま》さん？」

「え、あ、はい」

自分のことを呼んでいるのがわかったので返事をすれば、壱清の中で実音子は『猫山さん』確定となってしまった。

そういえば名乗ったとき彼だけおらず、瞬も歩夢も『ねこちゃん』呼ばわりするので、猫が苗字《みょうじ》だと勘違いしていたのだろう。だが今は、そんな些細《ささい》なことはどうでもよく、瞬が心配だ。

「あの、お店が閉まっていて。昨日も……」

「悪いな。瞬がおとといから体調を崩していて」

「そうなんですか！　大丈夫なんですか⁉」

勢い込んで尋ねれば、圧倒された壱清は一歩引きながら答えてくれる。

「意識がないとかではないし、連絡すれば返事はくるし、本人は風邪《かぜ》をこじらせただけだと言っている。ただ、起き上がるのがつらいと言うから、すぐ食べられる物を持ってきた」

両手の袋を掲げて見せ、それを玄関の戸へ引っ掛ける。

「中へ入らないんですか?」

「本人が『こんなご時世だから感染《うつ》したらいけない』と聞かなくてな」

仲間想いの瞬らしい。

とりあえず連絡は取れているのと、玄関まで差し入れを取りには来られるのを知り、少しだけほっとする。

「じゃあ、また日を改めて来ますね」

本当は心配で一目でいいから姿を見たい。けれども、壱清だって瞬に会わないのを、実音子が出しゃばっていいはずがない。状況を知れただけでもよかったと納得させる。

「猫山さん、携帯持ってるか?」

踵《きびす》を返しかけたところで壱清に尋ねられる。

「はい、持っています」

「それなら、ん」

壱清はエプロンをまくり上げ、ズボンのポケットからスマホを取り出し、ささっと操作をしてこちらへ向けてくる。

画面には、ＱＲコードが表示されていた。通話アプリの友達登録で使うものだ。

（え！　まさか連絡先の交換⁉）

「店を開けたら知らせる」

「っ、よろしくお願いします」

相手の気が変わらないうちにありがたく受け、友達登録完了する。

（わあ……本当に交換しちゃった）

にゃんたまとよく似た三毛猫のアイコンがまぶしい。

瞬と歩夢と壱清の中で、まさかこの人と一番に繋《つな》がるとは夢にも思っていなかった。


——が、やはり夢だったのかもしれない。

何事もなく、スマホはうんともすんとも言わず、一週間が経った。

日が暮れるたびに秋は深まっていくが……、壱清からの開店連絡は来ない。

（挨拶《あいさつ》スタンプすら皆無……）

三人の中で一番無口な人だけに、事務連絡以外はよこさないのだろうと予想できる。できるのだが……さすがに焦れてきた。

（でも、連絡がないのは、店を開けていないってことだよね）

つまり、瞬の具合が悪いままなのだろう。

（先週の木曜日から臥《ふ》せっていて今日が土曜日……もう十日くらい。大変な病気なの？）

風邪をこじらせただけとは思えない。

救急搬送、入院といった最悪の事態ともなればさすがの壱清も連絡はくれるに違いないが、不安はつのる。

気を紛《まぎ》らわせようと、ネットでとめどなく検索をかけてしまう。

（体調不良・十日間・起き上がれない・流行・感染症……）

手あたり次第入力する。果ては論文の類《たぐい》まで探してみるが、具体的な病状がわからないのだから調べたところで意味はない。

それでもスマホ画面から目を離せないでいれば、視界の片隅に気になるタイトルが引っかかった。

『樹齢《じゅれい》百年以上の桜、伐採《ばっさい》へ』

地元新聞社のウェブニュースだった。

なにやら胸が騒ぎ、クリックする。

「嘘……これ、あの桜じゃない……」

上部がぱっくりと割れたそれは、まさにメゾネットの目の前にある思い出の桜だった。

記事によると、かつて神社の神木として由緒《ゆいしょ》のある木ではあったが、嵐の夜、雷が落ちて上部半分が裂けてしまったため、倒木する恐れがあるとして市が伐採に踏み切るという。

たしかに一見すると痛々しい有様であり、通りすがりの年配女性も『危ない』と言っていた。

（でも、倒れそうには見えなかった）

上部は裂けても下半分はしっかりしており、大地に根を下ろして安定していた。裂け目だって奇跡的に燃えておらず、むしろ美しく生き生きとして見えた。

樹木としての寿命を迎えたふうではない。倒れるのが心配なら、支えをつけるなど別の方法がとれるのではないか。

（嫌だよ、伐採なんて）

病床の瞬だって、愛着のある木が伐採されたらショックを受けるに違いない。

（桜の精がお父さんだって言うくらいだよ……）

さらに体調をくずしてしまいかねない。

（どうしてこんなときに悪いことが重なるの？）

頭を抱え、髪をぐしゃぐしゃとかき混ぜる。そこで、はたと気づいた。

（待って、これは偶然？）

瞬の具合が悪くなったのは、まさに嵐の日。桜に雷が落ちた夜だ。

――『小一のときだっけ？　マジな顔して『僕のお父さんは桜の精です』なんて冗談言ったんだよ』

悪戯《いたずら》めかして告げた歩夢に対し瞬の反応は――、否定していない。幼い頃のファンタジックな発言を『冗談だった』とは決して言わなかったのだ。

（それだけじゃない。桜にこだわりがあった）

実音子が桜と友達だったのだと告げれば、彼は見たことないほど嬉しげに笑ってくれた。そして、実音子と昔から『縁があった』と言ったのだ。まるで自分がその桜だと言わんばかりだったので、引っかかったのを覚えている。

（車で送ってくれたときも、桜の話を聞いた）

――『区画整理で稲荷《いなり》神社がなくなるって決まったとき、うちの母、桜の木だけでも残してほしいって署名活動をしたんですよ』

あのときの実音子は閉ざされた狭い空間に二人きりという状況に緊張していて、彼の言葉を吟味《ぎんみ》する余裕がなかった。だから違和感に気づけなかった。

改めて思い出すと、おかしい。

なぜ瞬の母親は、稲荷神社のご神体ではなく『桜の木』を残す方向で動いたのだろう。普通なら御霊《みたま》をどこかへ移転させるよう望むはずだ。いくら桜もご神木だったとはいえ、ご神体を守った上で保存の是非《ぜひ》が問われるべきではないか。

瞬の住むメゾネットは、母親から贈与されたものだと聞いた。わざわざ目の前の家を買って息子へ与えるほど、彼女は桜の木に固執した。それはなぜか。

（まだある）

ずっと豊かな花を咲かせていた桜は、十年前から突然咲かなくなったという。瞬は十年前から一人暮らしをしている。母親が海外へ行ってしまったからだ。

（愛する女性が近くにいなくなって、桜は寂しくて咲かないとか？）

やはり――瞬は本当に桜の精の子供なのではないか。彼が幼い頃自分でそう言った通り。

（そうとしか……思えない）

考えれば考えるほど確信めいてくる。

（体調が悪いのは、桜と共鳴しているせいかもしれない）

だとしたら、伐採なんて絶対に避けねばならない。

実音子はスマホを握りしめて立ち上がった。

（どうすればいい？　まずは情報収集？）

再度、先ほどのウェブニュースを確認する。伐採の日にちまでは書いていない。改めて検索し直しても、それ以上の情報は出てこなかった。

（問い合わせするべきだよね？）

市役所へ――。

困ったときの代表番号、つまり総合窓口は自分の職場なのだった。

考えただけで疲労感が押し寄せてくる。

（それでも、やらなきゃ）

週明け、出勤したら休憩時間にしかるべき窓口を探して、直接足を運ぼう。

（うう……、気持ち悪くなってきた）

まだ動く前から萎縮《いしゅく》してしまう。

だからといって、逃げられない。自分が動くしかないのだ。

胃をさすりながら、土日のうちにできることを探す。

瞬の母親は木を守るために署名活動をしたと言った。ならば今回も同じ方法でうまくいくだろうか。

（署名活動って、よく駅前とかで声をかけているやつだよね）

陰キャの自分がそこに立っている姿を想像……しようと思ってもできない。人前に立つだけで気を失う未来が見える。

（なにかほかの方法はないかな？）

調べてみれば、署名活動をウェブ上でもできるものを見つけた。

（電子署名サイト、こんなのあるんだ。まずはこれに登録してみよう。あと、一応パン屋さんにも伝えておいたほうがいいか）

こちらから連絡するなんて無理、と控えていたが、もうそんな次元ではなくなっていた。

（ええと、なるべく簡潔に伝えないと）

『その後、お加減はいかがですか？　突然ですが、以前瞬さんのお父さまが桜の精だと聞きました。今回の体調不良は桜の木の状態と関係しているのではと考えまして、伐採計画を止める署名活動をしようと思います』

意味不明だとしても返信はくれるはずだ。そのとき改めて説明し直せばいい。

次にパソコンを開いて、電子署名サイトで必要な情報を埋めていく。

（イラストがあったほうが具体的なイメージが伝わるかも）

紙と色鉛筆を用意して、桜の姿を思い浮かべる。

そうこうしているうち、電話が鳴った。壱清だった。

「はい」

『あ、もしもし猫山さん?』

低い声がしたと思えば、興奮した別の声が重なる。

『猫山さんじゃねーし!　ってか、ごめん突然』

どうやら歩夢が一緒にいるらしく、スピーカーがキンキンするほど声が響いた。

『さっきの話、詳しく聞きたいんだけど、今から会えない?』

「えっ!　は、はい、大丈夫です」

『じゃーもう家の辺にいる。オレンジ公園に来て』

「っ、すぐに向かいます」

以前瞬に送ってもらった際、降ろしてもらった家の目の前の公園だ。彼らの中で情報共有されていたのだろう。

スマホを握りしめて部屋を飛び出せば、居間にいた母親が目を丸くして呼び止めてくる。

「みーちゃん、どこいくの?」

「ちょっと出かけてくる」

「もう夕飯だよ?」

「ごめん、いらない」

「なに言ってんの。今日ははるちゃんもいないんだから、お母さん一人にするつもり？」

「ごめんね、でも急いでいるの」

「夕飯の下ごしらえもうしちゃったのよ？」

「明日食べるから、ごめん」

「そういう問題じゃないでしょう。出かけるなら、はるちゃんみたいに前もって言うものよ。そんなに急ぐなんて、まさか男？　そういえば最近よく帰りが遅いし、どうせろくでもない男なのね」

　終わりが見えないほどしつこく絡んでくるので、実音子の焦りは沸点に達した。

「お母さんには関係ない！」

　いつも母親の顔色ばかり窺《うかが》っていた。謝って、媚《こ》びて笑って、従って……そうすれば家族がうまく回る。心の痛みや自我の芽生《めば》えには蓋《ふた》をしてきた。

　だけれど、もうどうでもいい。どう思われたって、かまわない。

　大切なものを見つけたから。

「な……にが関係ないのよ！」

　一瞬だけ虚を衝《つ》かれた母は、すぐさま猛烈に攻め立ててくる。

「あんたはいつだってそう。言うこと聞かずに病気になったり失敗したりして、周りに迷惑かけてばかりじゃない！　お母さんだってこんなこと言いたくないのよ。はるちゃんみたいに要領よくしてくれたら、言わずに済むのに」

怒鳴り声に心臓が握りつぶされそうだ。

ここにいたらいけない。

失いたくない場所を守るため、実音子は耳を塞《ふさ》いで背を向けた。

「行ってきます！」

必死で振り切って家を出る。

呼吸の仕方を忘れたみたいに息が苦しい。だけど、今やるべきことへ気持ちを切り替えなければ。

すぐ目の前のオレンジ公園には、入り口付近に見覚えのある軽トラックが停まっていた。

「ねこちゃん！」

運転席から歩夢が、助手席からは壱清が降りてきた。

彼らの顔を見たら、張りつめていた心が少しだけ緩《ゆる》んだ。

「すみません、来ていただいて」

「いや、ちょうど壱清乗せて近く走ってたからさ。それより、さっきの話……」

公園のベンチに横並びで座り、実音子の考える瞬の状態についてもう一度言葉で説明する。

瞬の生い立ちに桜が関係し、体調まで連動している——という仮説は、言葉に出してみれば自分でもびっくりするほど現実離れしている。それでも、二人は疑問一つ挟まず最後まで聞いてくれた。

「なるほどねー。まあ俺は知ってたけど、瞬が普通の人間じゃないって」

実音子が話し終えるや、歩夢が腕を組んで顎《あご》を上げる。即座に、隣から壱清のげんこつが飛んだ。

「知ってたなら早く言え」

「痛！　ってゆーか壱清だって聞いてただろ。小さい頃、瞬がそう言ってたの」

「……そうだな。あいつの周りは、にゃんたまといい不思議なことが多いから、当たり前のように麻痺《まひ》していたのかもしれない」

「にゃんたま？」

レジカウンターにいる招き猫にまで話が及び、首を傾《かし》げる。壱清は真面目《まじめ》腐った表情のまま言った。

「瞬から聞いていないか？　にゃんたまは猫又《ねこまた》なんだって」

「っ！　聞き……ました」

あのときは冗談だと思ってさらっと流してしまったのだが、確かに言われたことがある。

――『にゃんたまはそんなポーズしてますけど、本当は招き猫じゃなくて猫又で』

壱清は視線を遠くへやった。声音《こわね》が懐かしげな優しい色を帯びる。

「もう十年くらい前になるか……あの桜の木の下にミケとサビの子猫が捨てられていたんだ。瞬が気づいて保護したものの、サビのほうは助からなかった」

「まさかそのサビ猫が……？」

ごくりと唾《つば》をのみ込む。壱清はあっさりと首肯《しゆこう》した。

「助かったミケを俺が譲《ゆず》り受けることになって瞬の家へ行ったら、玄関に死んだはずの子猫そっくりな置物があるから驚いた。瞬いわく、にゃんたまは猫又になったんだと」

その後、置物化したにゃんたまは徐々に成長し大きくなっていった。不思議だなと思いつつ受け入れてしまったのは、やはり瞬を取り巻く神秘的な雰囲気《ふんいき》がそうさせたとか。

「実は俺たちも、ただの風邪というには変だと思っていたんだ」

「ねー。でも、そういうことであれば納得。だから、ねこちゃんに協力するよ」

身を乗り出した歩夢が力強く告げてくる。壱清も深くうなずいた。

「まずは署名活動だったか？」

「はい。ちょうど今、家で電子署名のサイトを登録していたところでした。それから、週明けに市役所で伐採《ばっさい》計画が具体的にいつなのか訊いてきます」

「電子署名か。そのサイトの説明文とかを共有させてもらうことは可能か？」

「はい、できますが……」

「なら、それを印刷してうちの店に置くし、チラシにして近所へ配ろう」

「いいんですか⁉　助かります」

「もちろんだ。なるべく多くの署名を集めよう」

近所で同じく食品店を開いている壱清が言ってくれると、非常に頼もしい。

「じゃあ俺は、ばあちゃんに雷落ちた木をどうしたら元気に戻せるか相談してみる。多分そういうの詳しいし、周りも全部農家だから何かしら方法は見つかるはず」

「そうですね、伐採阻止よりもなによりも、大切な桜をまずは元気にしないといけないですよね。よろしくお願いします」

「任せて」

歩夢はピースを決めてびしっと額へ当てる。

役割分担は完璧《かんぺき》だ。三人で改めて連絡グループを作成し、それぞれの作業へ移った。

二人の強力な仲間を得て、滑り出しは順調だった。

署名サイトへ上げた実音子の桜のイラストが、たまたまその筋で影響力のある環境活動家の目に留まり、こんな小さな案件にしては初日から多くの署名が入った。

壱清は自宅のパン屋にチラシを置いて客に署名をお願いする傍《かたわ》ら、自らも歩いて近所を回って署名を集めてくれた。古くから地元に住む人ほど桜の木に愛着があったようで、中には二十年前の瞬の母親が行った活動を覚えている人もいて、着々と集まっていった。

署名は伐採中止の請願書として市議会へ提出する予定だ。それには必ず一名以上の議員の紹介が必要らしい。

「商店街の古株で、市議がいるから頼んでやる」

「酒屋のじいちゃん、俺もよく知ってるから大丈夫だよ。絶対引き受けてくれる。壱清と頼みに行ってくるよ」

「わっわたしも一緒に行きます！」

三人で、地元の名士のもとを訪ね、助力を頼む。幸いにも快《こころよ》く引き受けてくれ、実音子一人だったら諦めざるを得なかった大きなハードルを、また彼らのおかげで越えられた。

同時進行で、歩夢は腕のいい樹医を見つけてきて、桜の木の応急処置をお願いしてくれた。

「これは……綺麗《きれい》に電流が逃せたみたいだね。中の損傷はほとんどなくて、奇跡に近い。ちょっと支えをつけてあげれば、まだまだ長生きすると思うよ」

頼もしい言葉に、三人そろって半泣きになりながら胸をなでおろした。

それから――週明け、実音子は昼休みを返上し、市の公園緑地課へ赴《おもむ》いて伐採計画についての情報提供を受けた。実行は一か月後、市の土木事務所が担当するという。

請願書を早急に作成し、最も近い月内の締め切りまでに提出すれば、次の市議会で議題に挙げてもらえる。すぐに賛成反対が決まらなかったとしても、伐採は一時保留となるだろう。

「よし、週末までに出そう」

実音子は自宅へ帰ると全身全霊を込めて請願書を作成した。

そして……無事、提出を終える。

(ああ、もう一生分の気力を使い果たした感じ)

すっかり抜け殻《がら》となって油断していたさなかだった。

「神尾さん、ちょっと」

直属の上司に面談ブースへ呼び出された。

（これは、怒られるやつだ）

相対して、一瞬で悟る。不機嫌さを隠しもしない吊り上げた眉《まゆ》のもと、鋭い眼光が実音子を貫いた。

「署名活動したんだって？」

（そっち？）

仕事上の不手際《ふてぎわ》を叱《しか》られると思っていたが、違ったようだ。きょとんとしていれば、上司は威圧感のある声で続ける。

「困るんだよ、取り下げて」

「え、なぜですか……？」

「なぜじゃないだろう。公務員は駄目なんだよ、そういう政治的な活動とか！」

ほとんど叱責《しっせき》する調子で言われる。反射的に身体《からだ》がすくんだ。

（怖い……）

ただでさえ人と接するのが苦手なのだ。怒りを正面から受け、怯《おび》えるあまり何もかも捨てて逃げ出したくなる。

つらい、苦しい、消えたい。

いつも漠然《ばくぜん》とした黒い念に囚われていた。居場所がない、価値もない自分は、いつ消えたっていい。ただ自ら命を絶つ勇気がないから、騙《だま》し騙《だま》し生きてきただけだった。

（でも！）

震える指先をぎゅっと握り込む。

（居場所はあった。わたしはそれを……守りたい）

手足に絡まっていた重い枷《かせ》を外す。そうして実音子はまつ毛を強くもたげた。

「取り下げません」

「は？」

「だってわたし、公務員じゃありません。非正規です」

「屁理屈言ってんじゃないよ！　俺の部下であることは変わりないでしょ？」

要するに、上司は自分の立場を案じているのだ。上役から部下の管理が行き届いていない等の指導を受けたのかもしれない。

実音子は胸に手を当て、息を吐く。必死で心を落ち着けて、冷静に尋ねた。

「わたしが望んでいるのは、由緒《ゆいしょ》ある桜の古木の保存です。政治的な活動ではありません。そういう署名も違反行為なのですか？」

「……」

正論だったのか、上司は黙る。ゆっくりとテーブルに頬杖《ほおづえ》をつくと、これ見よがしにため息を吐いた。

「あのさ、反抗的だと査定に響くよ？」

「っ」

怯んだこちらの反応に、声の調子がほんの少し上がる。勢いづいたらしい。

「次年度はどうするつもりなの？」

実音子たち会計年度任用職員は一年ごとの契約で、通常、年度末に次年度の継続の意向を尋ねられる。そこで希望すれば、形ばかりの採用面談が行われ、翌年も続けることができた。

しかし、本人に問題があったり、上司の評価がすこぶる悪かったりすれば話は別だ。

（契約を切られる……？）

明言はされていない。パワハラだと受け取られる危うい発言は相手もできないのだ。しかし、その意図は明白だった。

『俺に逆らう部下はいらない』

暗にそう告げられている。

このまま進めば、仕事を失う。

収入が絶たれ、世間体《せけんてい》も悪くなる。母親はまた文句を言うだろう。考えるだけで気が滅《め》入《い》る。将来への不安、恐怖がふつふつとこみあげてくる。

だが——それでも譲れない。

実音子はまなじりを決して上司に刃向かう。

「どんな評価をいただこうともかまいません」

「……残念だよ。最近頑張ってると思っていたのに」

冷ややかな声。上司は面談の終了も告げず立ち上がり、先に行ってしまった。

実音子も後を追おうとして……足が震えて動かないのに気づく。

（緊張した。怖かった。でも……これは武者震い）

初めて意志を通した誇るべき証《あかし》に違いなかった。


以来、上司の態度はあからさまだった。

「神尾さんには任せられない。ほかの人やって」

実音子の無能ぶりをアピールして仕事を取り上げ、簡単な事務作業しかできなくなった。

そして、

「そんな報告は受けていません」

実音子が上げた書類やメールはすべて無視。

周囲は、実音子がなにか大きな失敗をして上司の機嫌をひどく損《そこ》ねたのだろうと判断し、これまで以上に遠巻きとなった。皆巻き込まれたくないのだった。

(……平気)

職場には居づらい。だが、どうせ初めからそうだった。

ここしばらく前向きでいられたのは瞬と店のおかげであり、それを守るために失うのならば本望だ。

淡々とできることをこなし、今日も帰路につく。スマホを見ると、歩夢からメッセージが入っていた。

『瞬起きた。遊びにおいでよ』

「嘘……!」

なんて嬉しい知らせだろう。地獄のあとには天国が待っていた。すべての心労が吹っ飛んで、舞い上がる。

一秒で返事を打った。

『今から向かいます』

駅まで全速力で走った。わき目も振らず、店へ向かう。

今、メゾネットの目の前の桜には、しっかりとした三本の支柱が立てられている。もう倒木の危険があるとは誰も思わないだろう。上部が二つに割れている以外は、幹も枝も雷が落ちる前と変わらずしゃんとしている。

（これなら、きっと伐採《ばっさい》を思いとどまってもらえる）

次の市議会は三日後だと聞いている。そこで保留なり中止なり裁可が下されるので、今は待つしかできないのが歯がゆい。しかし、瞬が起きられるようになったというのは幸先《さいさき》がよい証に違いなかった。

店はまだ閉めているため、玄関へ回る。以前は押したいけれど押せないと右往左往《うおうさおう》したチャイムを、今日は躊躇《ちゅうちょ》なく押す。歩夢が出てきて開けてくれた。

「いらっしゃい。よかった、来てくれて」

「こんばんは、連絡ありがとうございます。わたしもう、嬉しくて」

「だよね。どうぞ入って。ねこちゃん来たって言ったら出てこようとするから、無理やりベッドに留めてるの」

玄関からお邪魔するのも、階上へ招かれるのも初めてだった。緊張しつつも瞬の具合が気になり、周囲を見回す余裕はない。そわそわしながら階段を上る。

二階は階段を挟んで二部屋に分かれていた。南側のドアが開きっぱなしになっており、中が見える。

ベッドで半身を起こし、顔半分をマスクで隠して照れたふうに手をひらひらと振っているのは——瞬だ。

（……っ！）

すでに感極まって目頭《めがしら》が熱くなった。しかし、泣いている場合ではない。眉間《みけん》に力を込めて涙を押しとどめる。

駆け寄れば、先に瞬が口を開いた。

「ごめんね、心配かけて」

「いいえ、いいえ……」

具合はどうか、つらくないか、起きていて平気なのか。いくらでも声のかけようはあるのに、言葉が出てこない。

対する瞬は、普段よりもかすれた声ながら朗《ほが》らかに続ける。

「恥ずかしいな、服はヨレヨレだし、ヒゲも剃《そ》れてないから見苦しい姿で」

（そんなの……見苦しいどころかむしろ）

青白く透き通る肌色に、熱を帯びてほんのりとうるんだ瞳、梳《す》かさず自然のままに流れた髪……浮世離れした美しさがいっそう冴えている。神がかっているといっても過言ではない。春爛漫《はるらんまん》と咲き誇った桜の花が、翌日には風に吹かれてひらひらと散ってしまう……そんな極限状態の危うさを秘めている気がして、胸が詰まった。

「起きていて……大丈夫なんですか？」

なんとか絞《しぼ》り出した声に、彼はあっさりとうなずく。

「昨日くらいからだいぶ持ち直してて。ねこちゃんが音頭《おんど》を取って助けてくれたんですよね？　ありがとうございます」

「え、助けたって……」

横に立つ歩夢を見やる。彼はなんでもないとばかり、さらりと言った。

「いち早く瞬と桜の繋《つな》がりに気づいたのは、ねこちゃんだって伝えたよ」

（そうだったんだ）

否定するどころか当然のごとく礼を言ってくるとは、実音子の推測は間違ってなかったのだ。

「詳しく話したことがなくてごめんね。でも、隠していたわけじゃないんです。僕自身もあまりよくわかっていなくて」

ベッドの正面にある窓の外へ彼は視線を流す。夕闇に沈んだ景色はほとんど見えないが、そこは桜の木がある場所だ。

「僕の母はね、前にも少しだけ話したけれど本当に夢見がちな発言が多かったんです。それで僕が小さい頃、父親について尋ねたら、あの桜のもとへ連れてこられて『パパだよ』と言われて」

眉尻《まゆじり》を下げて苦笑を漏《も》らす。

「母は小さい頃からあの木が好きで、毎日自分が好きな果物を供えてきたんだそうです。そうしたら、いつからか不思議な声が聞こえるようになって――そのうち僕を授かったとか。さすがに冗談だろうと思ったんですが……枝が悪戯《いたずら》で折られたりすると、身体《からだ》に不調を感じるんです。成長と共に妙な繋がりがあると受け入れてきた感じですかね。でも、あの雷はちょっとした繋がりどころか、強烈でした」

なにやら感じたことのない予兆がして髪の毛が逆立った、と思えば、凄《すさ》まじい衝撃が脳天からつま先までを走り抜けた。一瞬にして気力も体力も尽きた瞬は、床へ倒れ込んでそのまま動けなくなったという。

「それでも、生死に関わるほどではないから、安心して。身体に傷ができたわけでもないですし」

知らず手をきつく握りしめていた実音子を安心させるふうに、瞬は声音《こわね》を柔らかくする。

「歩夢が頼んだ樹医さんが木に栄養剤みたいの入れてくれたらしくて、僕にまでそれが効いたんです。あと数日すれば元通りになると思います」

「よかったです……」

大きく安堵《あんど》の息をつく。歩夢も友人の回復ぶりを嬉しげに聞いていた。

「なんか食べられそう？　モモ剝《む》いてやろうか。モモは邪気を払うって言うし、厄払《やくばら》いに」

「いいね。ねこちゃんも一緒にどうですか？」

「わたしは結構です。もうお暇《いとま》しますし」

起きあがれるようになったからといって、無理は禁物だ。顔が見られただけで喜ばしい。邪魔しないうち帰らなくては。

しかし、歩夢がドアの前で両手を広げて行く手を阻《はば》んでくる。

「ダメー！　こいつすぐ起きようとするから見張ってて」

「そうなんですか？」

振り向けば、瞬は視線を逸《そ》らす。わかりやすい。

「休んでいたあいだの仕事が溜まってて……」

「お仕事って本業のほうの？」

「はい。システム屋でＡＩ組んでます」

（よくわからないけど、頭よさそう）

つい違うほうへ意識を持っていかれかけるが、そうじゃないと我に返る。無理してぶり返したら元も子もありません」

「でも、お仕事はもう少しよくなってからのほうがいいと思います。無理してぶり返したら元も子もありません」

おずおずと正論をかませば、歩夢が手を叩いて喜んだ。

「ほらね？　そういうことで、モモ剝いてくるからもう少し待って……」

と、玄関のチャイムが鳴る。一度ではなく、二度、三度、四度……、けたたましい連打だ。

「ああ⁉　誰だよ」

いきり立った歩夢は荒々しく階段を駆け下りていった。そのあいだもチャイムは鳴らされていて、尋常《じんじょう》ではない気配だ。

「なんでしょう」

「壱清？　変だな」

玄関が開いた音がする。同時、壱清の太い声が響き渡った。

「大変だ！　酒屋のじいちゃんから連絡が来て、桜の伐採が明日に早められたって」

「な……」

狼狽《ろうばい》のあまり硬直していれば、二人は肩をもつれさせながら駆け足で階段を上ってきた。声が一段ごとに大きくなる。

「明日って嘘だろ、なんで急に？」

「ニュース見たか？　台風が来る」

「台風となんの関係があるんだよ」

「倒木の恐れだ。急遽《きゅうきょ》計画を早めたって」

「だからって明日はないだろ⁉」

「延期になった別の工事があったとかで、予定が入れ替わったらしい」

（そんな……どうしたらいいの）

両手で頬《ほお》を覆《おお》って立ち尽くす。

部屋へ飛び込んできた壱清は、なりふり構わず実音子の肩を摑《つか》んできた。

「猫山さん！　請願書のほうはどうなっている⁉」

「受理されています！　でも、まだ議会が開かれていなくて」

「審議前ってことか」

「はい……」

議題に挙げてもらえさえすれば、なんとかなると考えていた。甘かった。

(もっとやれることがあったんじゃないの?)

げんこつで自分をめちゃくちゃに殴《なぐ》りたい。だが、そんなことしたって時は取り戻せない。

進退窮《きわ》まってきつく目を閉ざす。

すると、背後でぎしりとベッドが軋《きし》んだ。はっと瞳を見開くと、瞬が立ち上がりこちらへ手を伸ばしてくる。

(なに……?)

とっさに避けられずにいれば、瞬は実音子の肩に置かれた壱清の手を摑んだ。そして、邪魔だとばかり横へ払う。

「放して、バカ力。失礼でしょ」

「あ、ああ、すまん」

指摘された壱清は慌てて謝ってくる。

「いえ、別に……平気です」

(痛くなかったんだけど……痛そうにしちゃったかな?)

ぽかんとしていれば、歩夢があいだへ入ってきた。

「瞬、寝てないと」

だが、彼は首を横に振る。

「大丈夫。それに寝ていられないよ、みんなが動いてくれているのに」

「あの……もしも桜の木が切られるようなことになったら、どうなってしまうんですか?」

「うーん」

腕組みをして眉根《まゆね》を寄せる。彼自身にもよくわからないのだ。

「繋《つな》がりがあるとはいっても僕が桜の木そのものなわけではないから、一緒に死ぬ羽目にはならないと思います」

(そうはいっても、きっと雷以上の衝撃は受けるんだよね)

絶対に避けたい。

やはり、伐採《ばっさい》は必ず阻止せねばならない。

「どうする、今夜中にバリケードでも組む?」

歩夢の意見に、壱清も食い気味に賛成する。

「やらないよりましだろう。動けるやつ探して……」

〈うるるにゃーん!〉

まるで意見交換をするかのタイミングで、階下から猫の鳴き声が聞こえてきた。

「え？　なに今の、野良猫？」

「ミケだ」

「違うよ、にゃんたまだよ。おいで？」

飼い主の声に、トットット……と軽やかとは言えないのんびりした足音が近づいてくる。

〈んー〉

丸みを帯びた大柄な肢体《したい》がのっそりと現れた。

（にゃんたま……動いてる）

いつもレジ横で行儀《ぎょうぎ》よく鎮座している招き猫が、そこにいた。あの日桜の木の下で実音子を店へ招いてくれた、まさにその子だった。

（やっぱり普通の猫じゃない）

というのは、にゃんたまが口に大きなモモを咥《くわ》えてきたからだ。

「なんで⁉　冷蔵庫開けたの？」

歩夢が驚きの声を上げるが、にゃんたまはかまわず飼い主のもとへ行く。瞬はモモを受け取ろうと手を伸ばしたが、にゃんたまはしっかりと咥えたままだ。

「おい、歩夢。モモって猫が食べて大丈夫なのか？」

「知らねーし。てか妖怪猫又なんだろ？　平気じゃないの」

猫好きの壱清は心配らしく眉をひそめるものの、にゃんたまはどこ吹く風だ。モモを渡さないまま瞬の足にすり寄って甘えている。

「よしよし、どうした」

〈んんー〉

にゃんたまは意味ありげに窓を向き、ようやく口からモモを離した。勢い、ころころと転がり窓の真下で止まる。壁の向こう側は、桜の木がある方向で……。

「ああっ」

突如として閃《ひらめ》いた。実音子は興奮してそのまま言葉へ乗せる。

「桜にお願いしましょう！」

意図を測りかねた三人の視線が同時にこちらを向くが、その中でにゃんたまだけは元気よく相づちを打ってくれた。

〈うん〉

モモを拾い上げ、実音子は窓の外を指さす。

「こうなったら神頼みです。大好物の果物をお供えして桜にお願いするんです」

瞬の父親だという桜の木は、愛する人へ宝くじの一等をプレゼントするくらい霊験《れいげん》あらたかなのだ。願えばきっと力になってくれる。

「そう……だね、そうしよう」

瞬はにゃんたまをひょいと抱き上げた。病み上がりとは思えない足取りで、我先へと階段を下り始める。実音子も慌ててそれを追った。

「おいおい気をつけて、落ちないでよ」

歩夢もついてくる。壱清もだ。

四人で冷蔵庫から、箱ごとありったけのモモを抱えて外へ出る。夕陽が山の端へ隠れる寸前の空は赤と金と紺《こん》が幻想的に入り混じったまだら色をしていて、どこかにゃんたまのサビ模様と似ていた。

「どうかお願いします」

言いながら実音子が屈んでモモの箱を置こうとすれば、瞬が違うと首を振る。

「母はね、いつもこうやって果物を供えていました」

右手に持ったモモの実を、彼はほとんど垂直に上へ放り投げる。

(ええ?)

まるで運動会の玉入れだ。『供える』という言葉は嘘だったとばかり、瞬はリズムよく上方へモモを投げていく。

「マジかよ、ウケる」

調子に乗った歩夢もまた、真似をしてモモを放り投げ始めた。

「なんで落ちてこないんだ？」

冷静な突っ込みをしつつ、壱清も友人たちに倣《なら》ってモモを投じる。足もとでは、にゃんたまが応援するようにヒゲとしっぽをピンと立てていた。

「ねこちゃん、一緒に投げよう」

すでに自分の持ってきた分を投げ終えた瞬は、にっこり笑って実音子の手を取ってくる。

（あ……）

繋がった個所《かしょ》から、優しい熱が伝わってくる。勇気が、熱気が、歓喜が沸き上がって
――、

（天高く、上がれ）

二人の投げたモモは、放射線を描いて桜の木の割れ目へ落下する。

その瞬間……、けぶるような春の気配が辺りを取り巻いた。一面に淡い桃色の霞が発生し、絹のベールのごとく繊細《せんさい》に揺らめき、夢幻の世界へ四人を導く。

頭上の景色が、絵本のページをめくるかのごとく変化する。

緑色をしていた桜の葉が消え、麗《うるわ》しい桜色の天蓋《てんがい》が四人と一匹の頭上を覆《おお》っていた。遅れて、控えめながら華やかさを秘めた甘い香りがふわっと広がる。

気づけばそこは、豊かな生命あふれる花の下だった。

「嘘……」

思わずつぶやいてしまうが、右手をいまだ握りしめたままの瞬の手から確かな熱が伝わってくるから……これは紛《まぎ》れもなく現実なのだと知れる。

「桜が咲いた。十年ぶりだ」

瞬の声は震えている。繋がる手も同じく、小刻みな振動で感動を訴えかけてくる。

「ビビる……。花咲《はなさ》かじいさんかよ」

「ペットは犬じゃなくて猫だったけどな」

一見冷静に突っ込みを入れる壱清の声も上ずっている。夢のような奇跡を目《ま》の当たりにして、四人はただ上向いて満開の桜に見惚《みと》れていた。

「なにあれ」

駅方面から家路を急いでいた人々が、足を止めてざわめきだす。

「桜？　本物？」

「あれって、この前雷落ちた木じゃないの？」

「近々切られちゃうらしいじゃん」

「あんなに綺麗《きれい》なのに？」

「切らないでって署名サイト挙がってたの見たよ」

「すご。秋なのに、満開の桜」

　誰かがカメラをかまえたのを契機に、皆が皆スマホを取り出し桜へ向ける。人だかりの輪はどんどん大きくなり、シャッター音が鳥のさえずりのごとく鳴り響く。絶え間なく焚《た》かれるフラッシュは星の瞬きのようで、人が人を呼び、辺りは大渋滞となった。

「いったん離れよう」

　頼もしい腕に肩を抱かれて、人ごみを抜ける。振り仰《あお》げば、先ほどまで病人然としていた瞬の顔色には赤みが差し、以前と同じ輝きを取り戻していた。

「あの、体調は……」

「それが、急に元気が漲《みなぎ》ってきて。なぜかわからないけど、全快したかもしれない」

　冗談っぽく力こぶを作って見せてくる。照れが混じった控えめなポーズがかわいくて、実音子の胸はきゅんと疼《うず》いた。

「これはどういうことだ？」

　豊かな白髪に立派なお腹を突き出した老人が、小走りでこちらへやってくる。

「酒屋のじいちゃん」

　請願書を提出するにあたり協力してくれた議員だった。彼は膝に手を当て、大きく肩を上下させながらまぶしげに桜を見上げる。

「素晴らしいな、惚《ほ》れ惚《ぼ》れする。これほど見事に咲いたのはいつぶりだろう」

「十年ぶり、ですかね」

瞬が答えれば、老人は大きく首を横に振る。

「違うよ、二十年、いや三十年ほど前だった。ちょうどお前たちが生まれた年くらいじゃないかね。元日の夜、こんなふうに突然花開いた奇跡があったんだ」

「一月一日の夜……？」

「それって、瞬の誕生日じゃん」

（そう、なんだ……）

きっと息子の誕生を祝って、美しい花を咲かせたのだ。そして今も、大きく優しく腕を広げ、瞬を、実音子を、皆を幸せの世界へ包み込んでくれる。

「あ、電話」

と、瞬がスマホを取り出した。

「母さん……？　しかもビデオ通話だ」

「こ、国際電話ですか？」

「そうだね、ちょっと出てみる。――はい」

繋《つな》がった瞬間、画面の向こうには鮮やかなピンク色の髪をした女性が大きく映る。

『瞬、ママだよー』

（わあ……若いお母さん。しかもすごく美人さんだ）

はしゃいで手を振っている母親へ、息子はやや冷静だ。

「うん、見えてる」

『どうしたのマスクして。やっぱりなにかあった？』

「やっぱりって？」

『だってパパさんが変なのよ』

「パパ……？」

『うん。十日くらい前からしおしおしててね。一生懸命看病してたんだけど、そしたらさっき急に元気になって開花して』

（え⁉　待って、桜の話なの？）

ぎょっとして実音子も瞬のスマホ画面にくぎ付けとなってしまう。そこへ堂々と映し出されたのは――三十センチくらいの桜の枝だった。まさに綿菓子のごとくこんもりと花が咲いている。

「ちょ……っ、母さん、どういうこと、それ！　なんで枝木なんて持っていってるの？」

狼狽《ろうばい》する息子に、母は桜の陰からきょとんとして目をしばたたかせる。

『言わなかった？　パパさんと新婚旅行してくるって』

「新婚旅行⁉　十年も？」

『んー、パパさん長生きだからなあ。十年とか、あっという間？』

（いやいや、突っ込むところはそこじゃないよね……）

傍《はた》から聞いていてもどかしくなるほど、天然親子の会話は続く。

『なんか後ろ賑《にぎ》やかだけど？』

「こっちも桜が咲いたからね」

『やだ、見せて！　すごい。パパさん連れてきちゃったから、そっちの桜は咲かないと思ってたのに』

（十年間咲かなかったのって、お母さんと一緒に桜の精も旅をしていたからなの？）

衝撃の事実に、実音子は声も出ない。

「そういうことか。でも、本体が留守なのにどうして今日は応えてくれたんだろう」

『パパさんお腹いっぱいって言ってるみたい』

「まさか……モモをたくさん供えたから？」

数に物を言わせた物理攻撃に、遠く離れた精神体へも思いが通じたのかもしれない。

『モモー⁉　食べたいなあ。こっちはさすがにモモはなくてね、ドリアンとかライチとかおいしいよ』

「そっか。二人とも元気でやってるならいいよ」

『瞬こそどうなの？』

「元気になったよ。ありがとう」

それから二言、三言話して、通話は終了する。

思いがけず知れた瞬の両親の状況に、実音子の胸はほっこりとあたたまった。

「いやはや、ずっと眺めていられるな」

再び議員の老人が近寄ってくる。

「この流れで切るって判断する愚か者はこの街にいないだろう。おいちゃんの目の黒いうちは絶対にさせないと約束する」

「ありがとうございます！　よろしくお願いします」

頼もしい老人の言葉に、実音子は全力で頭を下げた。

「よし、今夜は夜桜祭りだ。店の酒全部開けたるぞ！　みんな集まれ」

週末ともあって、人々は歓喜の雄《お》たけびを上げる。

「これは徹夜になりそうだね。ねこちゃん、時間は大丈夫？　もしあれなら送っていくけど」

「いいえ、まだここにいたいです。いても……いいですか？」

瞬は長いまつ毛をばさばさと動かし目をしばたたく。そして、ふわっとまなじりを下げた。

「もちろんです。僕も一緒にいたい」

奇跡の桜に負けないくらい、実音子の心は桜色ではちきれそうになった。


その夜、実音子は終電ぎりぎりまで皆と時を共にして、最終的にはまた瞬に車で送ってもらった。

夕方に一度、帰宅が遅くなる旨《むね》を伝えてから、母からは幾度も折り返しの電話が来ていた。着信を無視し続けていたので、帰宅後の彼女の怒りは凄《すさ》まじかった。

「何時だと思っているの。そこに座りなさい」

母親はソファに足を組んで、冷たく床を指さす。

身体《からだ》が自然と動いて、言われた通りにしたくなる。頭を下げて『ごめんなさい』と謝ってしまいそうだ。

(でも……)

かろうじて耐える。立ったまま彼女と相対した。

「なにその顔。この前も、言うだけ言って出ていくし。はるちゃんと違って、お母さんを煩《わずら》わせてばっかりね」

大きなため息を吐き、母は頰杖《ほおづえ》をつく。

「あんたがいるせいで、具合が悪くなりそうよ」

子供の頃から少しずつ脳裏《のうり》へ注がれてきた毒が、内側で暴れて眩暈《めまい》がする。謝って終わりにしたい。耳を塞《ふさ》いで逃げ出したい。

だが、それでは永遠の繰り返しだ。

(ここはわたしの守りたい居場所じゃない。無理をして受け入れなくていい。拒否していいんだ)

にゃんたまが、桜の木が、瞬が、頑張れと背を押してくれる。

「この前も言ったけど」

嚙《か》みしめるようにゆっくりと言葉を紡《つむ》ぐ。心を落ち着けて、慎重に。相手の負の感情を正面から受け取らず、自分の意志を伝えるのだ。

「わたしは悪いことをしたとは思ってない。遅くなることは連絡した」

「連絡って、そのあとお母さんの電話は全然出なかったじゃないの」

「……電話でなにを言いたかったの？」

「だから、早く帰ってきなさいって」

「遅くなるって連絡したのに？」

実音子はなるべく冷静になって言いつのる。

「お母さん、わたしはもう子供じゃないの。夕飯の時間とか帰宅時間とか、細かく指示されたくない。好きにしたい……ううん、好きにするから」

「勝手なことを。好きに生きる？　できるわけないでしょう！　はるちゃんと違ってあんたは体調を崩してばっかりで、仕事だって非正規で不安定で」

「そうだね。でも、それがなに？　お母さんは張人《はると》がいればいいんでしょう？」

「は……？　なにを言ってるの？」

母は目を剝《む》く。実音子は淡々と告げた。

「張人を上げるためにわたしを下げてるだけ。本当はわたしがどうなろうとかまわないよね」

「――……」

とうとう母親が黙る。実音子はゆっくりと彼女に背を向けた。

「だからもう、解放して。おやすみ」

理解してもらえたとは思えない。この先、理解し合えるのかどうかもわからない。だけど、実音子は自分の道を進む。自分こそが自分を大切に歩んでいけるように。

自室へ戻り、寝る支度《したく》を整えた。

ベッドへ潜りこんでも興奮は冷めず、ほとんど一睡《いっすい》もせず夜を明かす。そしてまた駅へ走り、始発でメゾネットまで戻ってきた。

桜の木の下では、瞬がきびきびとゴミ拾いをしている。もうマスクは着けていない。つい昨日まで病人だったのが嘘のようにすこぶる健康な顔色で迎えてくれた。

「ねこちゃん、早いね」

「おはようございます。わたしも手伝いますね」

「大丈夫、もう終わるから」

「みなさんは帰られたんですか？」

「ううん、うちで寝てます。でも、そろそろ起こしてこようかな」

じわじわと辺りを黄金色《こがね》へ染めていく日を見上げたときだった。なにかが頭上からぽつんと落ちてくる。

「あれ？　これは……」

小さな赤い粒に、細い枝がついている。拾い上げてみれば……サクランボだった。

「え？　嘘、どこから？」

桜の木を振り仰《あお》ぐ。そこには驚くべき光景が広がっていた。

赤いルビーのごとき果実が、それはもうびっしりと無数についている。可憐《かれん》な丸い瞳は実音子と瞬と視線が合うと、それを合図とばかり枝と別れを告げて降ってきた。

ぽぽぽぽぽぽ……とメルヘンチックな音が響き渡る。

「ちょっ、壱清たち起こしてきて！」

「わかりました!!」

実音子は足をもつれさせメゾネットへ走り、窓を叩く。階段の下辺りの床で雑魚寝《ざこね》していた二人は飛び起きた。

「何事！」

「大変なんです！　サクランボがいっぱい降ってきて」

「はあ〜!?」

ありったけのボウルを持って駆けつける。銀河の星屑《ほしくず》のごとくあとからあとから降ってくるサクランボを、四人で必死に集めた。

「花が咲いて次の日にサクランボなんて、嘘だろ？　そもそもこれ、実がなる木じゃないしー」

　果樹園の跡取りとして、納得できないとばかり歩夢が叫ぶ。

　瞬は顎《あご》に手をやり、うーんと首をひねった。

「モモをたくさん投げたから……とか？」

「桜に桃でサクランボ⁉　とんちかよ！」

「これ、食べられるんでしょうか……？」

　一粒摘《つま》み上げ、天へ透かして見る。と、横から瞬の手が摑《つか》んできて、一秒後には口中へ放り込まれていた。

「おいしい」

「えーっ、食べちゃったんですか⁉」

「大丈夫。なんたって僕が保証するから」

　桜の精の子お墨付《すみつ》きとあらば、全幅の信頼を寄せるしかない。

「しかしだよ。こんなに採れてどうする？」

「作るしかないだろう、あれを」

　あれ——招きねこのフルーツサンドを。

　こんなに材料があれば、いったいいくつ贅沢《ぜいたく》なサンドができるだろう。

「近所中に配りますか。頑張ろう、さあ気合を入れて」

「おー！」

店長の鶴の声に、三人は揃って拳を突き上げた。

サクランボの種は、ストローで刺すと綺麗《きれい》に抜けるらしい。

全員で早朝からキッチンへ並び、種抜きに勤《いそ》しむ。

「もしかしてこれ、猫の形に見えなくもない？」

頂点が凹《へこ》んだサクランボを摘み、瞬が嬉しそうに尋ねてくる。

その笑顔を見ただけで全面的にうなずきたくなるものの、ここは常連代表として厳しい客目線で答えなければ。実音子はきゅっと口角を引き結び、判断を下す。

「たしかに上は凹んでますけど、下側が同じだけ尖ってるじゃないですか。猫というより、ハート形かと」

「ハート……え、むしろ、いいかも？」

閃《ひらめ》いたとばかり、瞬は瞳を輝かす。

「壱清、春頃入れてもらった桜色のパン、今日用意できる？」

「お望みとあらば作ってやる。桜の花びらをもらって帰っていいか？」

「もちろん。歩夢とねこちゃんは種抜きお願い。僕はクリームにペースト混ぜ込んで桜クリーム作ります」

　こうして――、淡い桜色をしたパンに、春の香り豊かな桜クリーム、そしてハート形をしたサクランボをびっしりと並べた――世界一かわいい桜サンドが完成する。

　思わず、四人ともスマホを構えて無言で右から左から上から、写真を撮りまくってしまった。

「これ、バズるだろ絶対」

　数時間後、歩夢の言葉は真実となる。

　桜サンドを配って歩けば、手にした人は皆感嘆《かんたん》の声を上げ、桜の木の下へ掲げて写真を撮った。その写真はあっという間にネット上を席巻《せっけん》し、地元の新聞社まで駆けつける。

『奇跡の桜　開花の翌日にサクランボを実らせる』

　ウェブニュースは全国へ配信された。

　市の依頼を受けて時刻通りやってきた土木作業員たちは、桜を取り巻く人々の異様な空気に驚きを見せつつも、桜サンドを振る舞われれば、速攻でその魅力に骨抜きとなった。

「こんな奇跡の木、切れるはずがありませんね」

　当然のごとく、伐採《ばっさい》計画は白紙となったのだった。

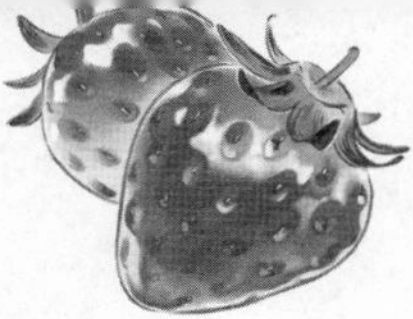

エピローグ

満腹の栗サンド

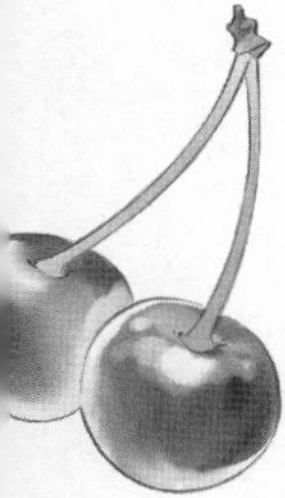

奇跡の桜開花から一か月――。

『フルーツサンド　招きねこ』は、一躍地元の有名店となっていた。

早朝から瞬《しゅん》、歩夢《あゆむ》、壱清《いっせい》の三人がかりでフルーツサンドを作りまくっても、昼過ぎには売り切れてしまう日が続く。

夕方、実音子《みねこ》が仕事帰りに寄る頃には、欠片《かけら》だって残っていた例《ため》しがない。

目が回るほど忙しい現場には、毎日三人の嬉しい悲鳴が響き渡って……いなかった。広がるのはため息ばかりである。

「本業がまったくできません」

健康になったはずの瞬の目は、どろんと澱《よど》んでいる。

「さすがに俺もこれ以上手伝うのは厳しい。ばあちゃんが一人で無理して腰を痛めちまう」

大理石のテーブルにぐったりと身を伏せて、歩夢も呻《うめ》く。

「そろそろ人を雇うべきじゃないか」

ずばり正論を告げる壱清も、目の下に大きなくまを作っている。

「新しいメニューも考えられていないし、成長しない店は早晩《そうばん》立ち行かなくなる」

「冷蔵庫に山ほど栗、入ったままだしねー」

友人たちに責められて、瞬は魂が抜けるほどのため息をつく。

「新しい店員さん募集するとして、ねこちゃんみたいな子が来てくれたらいいんだけど」

（え！）

背中に電流が走ったかと思うほど背筋が伸びた。

あれから――母親とは冷戦状態が続いている。おはよう、おやすみの挨拶《あいさつ》すらなく、毎日うんざりするほどたっぷり用意されていた食事も一切出されなくなった。

だが実を言うと、実音子にとっては前よりも今のほうが過ごしやすい。常に母を気にしながら行動しなくていいし、無理をして食べたくない量を詰め込まなくてもいい。自由に店へも通ってこられて、重くてたまらなかった足枷《あしかせ》が外れた心地がしている。

着々と自立への第一歩を踏み出せているのではないか。あとはこれまで以上に働いて、家を出ていける資金を貯める努力をするべきで。

（このお店で働けたら……なんていいか）

心臓が、割れんばかりに高鳴る。

（やりたい）

今こそ飛び込まなければ。

「あの……、いいんですか？」

「ん？　どうしました？」

緊張のあまり、喉《のど》がからからで妙なかすれ声になってしまうが、必死で尋ねる。

「わたしなんかでも働かせてもらえるんでしょうか？」

両手をぎゅっと握りしめ、瞬を見つめた。

「ここで働きたいです。わたしを雇ってください」

清水《きよみず》の舞台から飛び降りる以上の勇気を振り絞《しぼ》って、一気に告げる。

（言っちゃった！　どうしよう、ごめんなさいっ）

対する瞬は外国語でも耳にしたようにきょとんとして――それから、コントのごとく大きくずっこけた。

「本当に⁉　え？　冗談ではなく？」

「はい、その……ダメじゃなかったら、ですけど……」

「いい。いいです、もちろん。大歓迎。でもお仕事は？」

「えっと、ちょうど転職を考えていて……」

どうせ年度末に契約を切られるのはほぼ確定、すでに『早く辞めてくれないかな』感を上司から出されている。規定では二週間前に辞表を提出すれば、任期内でも問題なく辞められる。

「だったらぜひ来てほしいです！　いつから来られます？」

目を輝かせて前のめりに尋ねてくる。歓迎ぶりがしっかりと伝わってきて、実音子の胸はふわふわと高揚《こうよう》した。

「退職は最短二週間後ですが、その……今日からでも見習いとかさせてもらえたら、わたし……」

幸せで、天にも昇ってしまいそうだ。

「じゃあ早速だけど栗剝《む》いてもらわない？　みんなで食べよーよ」

伏していたはずの歩夢が飛び起きて言ってくる。

「わかりました。栗剝きなら、多分できると思います」

袖《そで》をめくれば、今度は壱清も加わってきた。

「なら、うちのパンに挟んで食うか。栗は腹持ちがいい。いっぱい食べて英気を養い、また働くぞ」

「はい。お手伝いさせてください」

そんな実音子の行く手を瞬が阻《はば》む。あいだに入った彼は、友人たちへ苦言を呈した。

「二人とも勝手すぎ。ねこちゃんはメイドさんじゃないんだから。栗よりもパンよりもまずは……」

瞬はスマホ画面をこちらへ向けてくる。

「僕とも連絡先の交換をしてください」

「……え？」

「壱清とも歩夢ともグループ作ってて、ずるいなって思ってました」

（ずるいなんて、そんな……）

すねて頬《ほお》を膨《ふく》らます彼を見たら、愛《いと》おしさで胸が破裂しそうになった。

――新たに登録されたアイコンは、琥珀《こはく》色の招き猫。

いつまでだって眺めていられるほど、幸せだった。

※この作品はフィクションです。実在の人物・団体・事件などにはいっさい関係ありません。

集英社オレンジ文庫をお買い上げいただき、ありがとうございます。
ご意見・ご感想をお待ちしております。

● あて先
〒101-8050　東京都千代田区一ツ橋2-5-10
集英社オレンジ文庫編集部 気付
後白河安寿先生

集英社
オレンジ文庫

招きねこのフルーツサンド

2023年11月21日　第1刷発行

著　者　後白河安寿
発行者　今井孝昭
発行所　株式会社集英社
〒101-8050東京都千代田区一ツ橋2-5-10
電話【編集部】03-3230-6352
【読者係】03-3230-6080
【販売部】03-3230-6393（書店専用）
印刷所　大日本印刷株式会社

ISBN 978-4-08-680528-5 C0193